Editions
Mers du Sud

ISBN   979-10-90226-62-3

Dépôt légal: Septembre 2016

Editions *Mers du Sud*

15 rue de la Grand Font

16000 ANGOULEME – France

tel 05 45 92 40 66

www.editionsmersdusud.fr

Couverture : © Manuel Da Silva

Arlette MAILLOT-BOYER

AU PAYS DES TOUCANS

Editions
Mers du Sud

4

LE VOYAGE

Mon époux rêvait de faire un séjour en Guyane et persistait à entretenir ce rêve fou. Il me disait, si tu désires quelque chose, il faut avoir des pensées positives et tu obtiendras tout ce que tu désires. Après une carrière militaire, il fallait penser à nos enfants qui n'avaient pas encore terminé leurs études. Il posa sa candidature pour obtenir un poste en Guyane dans le spatial. Après deux mois d'attente, il recevait une convocation pour se rendre à Paris à la maison mère pour un entretien. Le quatre Novembre 1989, son rêve se réalisait enfin. Nous voilà dans l'avion en partance pour la Guyane. Pour ma part, je pensais ne jamais connaître le pays maudit des anciens bagnards. Je l'avais souvent imaginé rude et hostile, en écoutant les histoires que chacun racontait, en y ajoutant un peu de piquant pour les rendre encore plus authentiques. Je suppose que tous ces beaux conteurs n'avaient jamais mis les pieds dans ce pays et s'inspiraient des journaux qu'ils avaient lus sur le bagne.

Au travers du hublot, j'aperçois la côte qui se dessine enfin à l'horizon. Le temps est magnifique, sur notre route, quelques îlots épars, et enfin une forêt dense ouverte par les amples méandres d'un fleuve. Notre avion fait un large tour pour prendre la piste et se pose sur l'aéroport de Rochambeau. Il est quinze heures trente, heure locale. La température au sol est impressionnante. Sur le tarmac surchauffé, j'ai l'impression de voir surgir quelques mirages qui s'échappent en volutes furtives. Le goudron presque liquéfié se colle à mes semelles et tout le feu de la terre remonte le long de mes jambes, pour venir s'infiltrer sous mes jupes. La sueur perle sur mon front, je commence à ressentir la fatigue du voyage. Mon cœur s'emballe, mon pouls devient si rapide que je perds connaissance, et je me retrouve au poste d'urgence de la croix rouge. Après avoir passé un moment dans une salle climatisée, je reviens faire la queue dans la file d'attente. Nous présentons nos passeports et patientons encore dans l'attente de récupérer nos bagages. Dans la salle les brasseurs d'air sont en panne. Je manque d'air et je me vois dans l'obligation de me cramponner, tant bien que mal, au bras de mon fils, en respirant profondément, le temps de trouver un siège. Enfin calée dans un fauteuil, je ferme les yeux pour ne plus penser à la chaleur. Pendant ce temps, Claude-Henri mon époux, attend de rassembler les valises pour que nous puissions passer au contrôle de douane et sortir à l'air libre. Sur le parking de l'aéroport, la chaleur est suffocante ; du bitume s'élève un léger nuage de vapeur qui rampe sur le sol, provoqué par une ondée subite. Le car du centre spatial nous attend, nous prenons place sur les sièges en simili qui nous collent aux fesses. Il manque un passager, il faut absolument le récupérer pour le déposer à Cayenne, nous dit le chauffeur. Malgré les vitres ouvertes, l'intérieur du véhicule se transforme, petit à petit, en un véritable sauna. Au bout d'un moment, un monsieur d'un certain âge arrive enfin, essoufflé et transpirant, nous expliquant qu'il avait dû attendre pour récupérer sa valise égarée dans l'avion. Le chauffeur met enfin le contact, et roule vers Cayenne où il dépose son client. Cayenne, ville typiquement coloniale, nous livre ses rues quadrillées, et ses encombrements. Le passager débarqué sur la grande place, nous prenons la route vers Kourou, notre destination finale. Le paysage est surprenant, loin derrière nous, sont les grandes villes modernes de la Métropole. Par endroits, des savanes s'étendent à perte de vue. Puis quelques villages sont nichés dans les broussailles. Sur le bord de la route, des plates-formes branlantes sur pilotis sont recouvertes de paille. Elles font office de boutiques d'artisanats pour les Amérindiens. Nous traversons le fleuve Kourou sur un pont métallique. Il remplace l'ancien bac qui permettait aux véhicules de passer d'un bord de la rive à l'autre, ce qui ralentissait considérablement la circulation. Des pêcheurs ont installé leurs lignes de chaque côté de l'édifice, prenant le risque de perturber les automobilistes. Sur la route, nous traversons un épais nuage de fumée.

- C'est un feu de pri-pri " savane "nous explique le chauffeur. L'herbe trop sèche prend spontanément à cause des bouteilles que l'on jette sur les bas-côtés de la chaussée.

Ce petit désagrément n'enlève en rien notre joie d'être en Guyane. La cité nous montre enfin son nez. A l'entrée de la ville, un énorme panneau publicitaire sur lequel nous pouvons lire « KOUROU VILLE SPATIAL, arbore la fusée ARIANE. Claude-Henri ne rêve plus, il est au comble de la joie. Nous traversons la ville, le chauffeur nous dépose sur le trottoir, devant ce qui va être notre future demeure, un immeuble de trois étages. Ma famille décharge rapidement les valises, pendant que je jette un coup d'œil dans le hall d'entrée. Je note qu'il n'y a pas d'ascenseur et que notre logement se trouve au troisième étage. Il nous faudra monter les valises et cette énorme cantine, en faisant une petite pause à chaque palier pour reprendre notre respiration. Encore une séance de sudation en perspective ! Après avoir monté la dernière valise et refermé la porte derrière nous, nous nous écroulons dans les fauteuils, les dernières marches nous ont totalement épuisés. Nous prenons un plaisir fou à nous glisser tour à tour sous la douche, afin de nous rafraîchir et de pouvoir enfin nous détendre. Après ce moment délicieux sous l'eau froide, nous visitons notre logement très spacieux : nous disposons d'un vaste séjour, trois chambres, une cuisine aménagée, ainsi que deux balcons qui donnent sur deux rues. La cerise sur le gâteau, il y a un magasin d'alimentation, juste en bas de l'immeuble, tenu par un chinois.

A notre arrivée, la base spatiale n'est pas entièrement terminée, c'est encore l'époque des grands chantiers. Les logements sont rares, les ouvriers logent dans des baraquements et prennent leurs repas dans une cantine attenante à leur atelier. Les cadres, se retrouvent parfois à quatre dans une même villa, en attendant un appartement, avant de faire venir leur famille. Je dois reconnaître que nous avons eu beaucoup de chance d'être logés et meublés si vite. Il ne me reste plus qu'à organiser ma vie en dehors des occupations routinières du ménage. Nous sommes curieux de tout et avons hâte de visiter la ville. Nous nous rendrons dans le vieux bourg le week-end prochain, nous promet mon époux.

Le dimanche suivant, nous voilà tous dans un endroit qui a connu l'époque du bagne. Le bourg est charmant avec sa grande rue qui mène au marché aux poissons. Celle-ci débouche sur le ponton du port de pêche. La marée basse nous livre quelques embarcations penchées sur le côté, effleurant la vase en attendant le flux, tandis que d'énormes charognards font leur délice de la carcasse d'un chien rejeté par la mer. Les maisons basses bordées d'une dentelle de lambrequins sont recouvertes de tôles rouges. Sur la place, une charmante Église entourée de manguiers centenaires. C'est une véritable carte postale. Cet endroit a été choisi par Raoul COUTARD, pour tourner une séquence du film " On a sauté sur Kolwezi." Après notre petite promenade, nous avons déjeuné dans un petit restaurant près du port de pêche. Les ouvriers viennent là pour y passer du bon temps. Au beau milieu du repas, des éclats de voix arrivent à nos oreilles. Le bruit d'une chaise qui tombe, suivi d'un fracas de vaisselles, une bousculade, annoncent une bagarre qui se transforme en un véritable pugilat. Les chaises sont renversées, les bouteilles volent dans tous les sens. Nous sommes pris au piège, impossible de quitter le restaurant sans prendre un projectile sur la figure. Les enfants et moi, trouvons refuge sous la table, en attendant la fin du match. Le restaurateur, Claude-Henri et quelques clients, tentent de calmer le jeu, à grand peine. J'avais vu des films de western, les bagarres de taverne, mais une comme celle-là, jamais ! Pour une première sortie ce fut mémorable !

Kourou est une ville dortoir ; dans la journée tout est d'un calme plat. Il m'arrive de trouver le temps long lorsque tout le monde quitte la maison. Notre voiture n'est pas encore livrée, je suis réduite à tourner en rond dans l'appartement. Il y a bien la plage, mais qu'elle déception de voir la mer couleur terre, venir lécher le bord du rivage ! Tous les fleuves s'y jettent, le bleu de l'océan se trouve à quelques encablures, près des îles du Salut. Je passe une bonne partie de mes matinées sur mon balcon, à regarder les mouvements de la rue, tout m'intéresse. J'observe les passants qui déambulent, ils ne semblent pas souffrir de la chaleur, les chiens durant des heures, restent couchés au soleil, sur un coin de trottoir. Après les heures de pointe, la circulation diminue considérablement. Dans le ciel, pas le moindre nuage, tout est d'un calme plat.

Un matin, je me décide à faire le tour du quartier. Arrivée dans le hall, je tombe sur trois vaches, venues prendre le frais sur le carrelage. J'apprends par la suite, qu'elles appartiennent à Monsieur le maire. Il laisse divaguer son bétail, pour qu'il puisse se nourrir aux frais des contribuables, en broutant l'herbe des espaces verts. Après cette rencontre inattendue, je me dirige à l'angle de la rue chez Willy, l'épicier chinois. Question de voir ce qu'il vend exactement. Chez lui il y a de tout, légumes, vêtements, cigarettes et tout un bric-à-brac savamment entassé. Le tout baigne dans une forte odeur de moisissure, d'épices et de nuoc-mâm. Ne parlons pas du coût de la vie, il est en rapport avec le prestige de la ville spatiale et pour l'heure, les prix grimpent. Je me suis fait piéger par ce commerçant en achetant un coca glacé. Il m'a rajouté vingt centimes de plus, sous prétexte qu'il use de l'électricité pour refroidir les bouteilles, alors qu'il met dans le même réfrigérateur, fromages et yaourts qui eux, ne changent pas de prix. Pays bien étrange que cette Guyane ! Au fil des mois, Le magasin de WILLY, est devenu une distraction quotidienne. J'ai remarqué que pour y accéder il y avait trois ouvertures, deux d'entre elles donnent sur la route principale, l'autre sur une place en face de la poste. Notre commerçant a condamné une des entrées principales, pour filtrer le passage des clients par crainte des voleurs. De ce fait, il peut avoir un œil sur les va et vient de sa clientèle. Les enfants du village Saramaka sont rusés. Ils profitent des moments d'inattentions pour se faufiler par la porte de derrière réservée à l'entrée des marchandises, et chapardent quelques paquets de biscuits, à l'insu du chinois. Ils reprennent le même chemin pour fuir. La pire chose qui puisse arriver à un chinois, c'est bien de se faire voler. Cependant lui, ne se gêne pas pour rouler habilement ses clients. Lorsqu'il prépare les sandwichs il coupe les tranches si fines qu'on pourrait supposer qu'il a regret de les vendre. Avec son boulier, il compte plutôt deux fois qu'une le même article, ou augmente sensiblement les prix et ne rend jamais la monnaie qu'en parlant le chinois, alors qu'il maîtrise parfaitement le français. En Guyane, je n'ai pas rencontré d'Asiatiques pauvres, les boutiques sont toujours bien achalandées, jamais de grève et chose pratique, ils baissent leurs rideaux à vingt et une heures. Midi et soir, il n'est pas rare de voir devant leur magasin, des gens assis sur le trottoir sirotant une bière entre copains. Willy a l'habitude, à l'heure de la fermeture, d'enfermer deux gardiens dans son magasin. Après avoir descendu les rideaux métalliques, il cadenasse les grilles de protection et part avec la clé dans sa poche sans plus se soucier du reste. Je me suis dit, si un jour il se déclare un incendie, les gardiens ne pourront pas s'échapper.

Sur les chantiers, depuis notre arrivée les ouvriers travaillent d'arrache-pied ; la base prend forme, de jour en jour. Claude-Henri est si heureux qu'il va au travail en sifflant, ce qui n'est pas dans ses habitudes. La fusée est devenue une vraie passion. De ce fait, je ne le vois pas plus que lorsqu'il était militaire. Je me disais qu'ici il serait plus libre, que je le verrais plus souvent, mais non ! Après Marianne la républicaine, je dois m'effacer devant Ariane la fusée. Je dois m'en accommoder, ne pouvant faire autrement. J'aimerai la voir de près cette belle Ariane que l'on bichonne avec tant de délicatesse. Ce n'est après tout qu'un long tube de métal. La fusée transporte dans sa coiffe toute une technologie de pointe, et les satellites des grandes puissances, et pourtant elle me fait de l'ombre !

L'Occasion de la voir s'est présentée un beau matin. La mairie a envoyé des circulaires en ces termes :

" Vol d'Ariane 4. Nous avertissons la population de faire attention au vol "

La fusée décolle souvent de nuit, ne pouvant me rendre au centre de lancement, je décide d'aller sur la plage, d'où la vue est imprenable. Il est surtout possible de suivre la fusée jusqu'aux îles du Salut sans utiliser de jumelles, de plus aujourd'hui, le ciel est dégagé. Assister pour la première fois à un vol d'Ariane, quelle joie ! D'où nous sommes, on peut voir l'embrasement du site lors de la mise à feux des boosters. Le ciel prend une couleur orangée dans un nuage de fumée lors de la propulsion, puis la fusée s'élance dans un bruit de tonnerre laissant derrière elle une traînée blanche. Dans sa trajectoire, on peut assister au largage des boosters, puis à la séparation du premier étage avant qu'Ariane ne dépasse les îles du salut. C'est en principe le déroulement normal. Mais soudain Ariane 4 traverse un nuage, le ciel s'illumine, elle explose dans un gigantesque feu d'artifice en laissant retomber de nombreux débris sur la plage. Le temps de réaliser ce qui vient de se passer, les sirènes de la ville se mettent à hurler. Une voiture de la sécurité armée d'un mégaphone, sillonne toutes les rues, priant la population de regagner dans l'urgence son domicile, de fermer toutes les ouvertures, de rester cloîtrée jusqu'à la fin de l'alerte, à cause des gaz toxiques. Pour une première, je suis gâtée ! Mais la suite, " attention au vol " de la circulaire. Cette phrase ne concernait pas la fusée mais les voleurs. Profitant que la foule a le nez en l'air ils dévalisent les maisons. Je découvre que ce pays n'est pas de tout repos. Je viens d'apprendre quelque chose d'instructif sur la Guyane. Je comprends à présent pourquoi certaines personnes ont surnommé Kourou ville carcérale, cela explique les barreaux aux fenêtres, et les barbelés sur certains balcons. Les honnêtes gens vivent derrière les grilles alors que les voleurs courent les rues. C'est le monde à l'envers ! Les malfrats sont si rusés, que lorsqu'ils ne peuvent pas entrer dans une maison, ils utilisent une canne à pêche qu'ils introduisent au travers des grilles pour chaparder tous ce qu'ils peuvent dérober par ce biais.

18

PREMIER CONTACT

En face de notre immeuble, il y a un terrain vague et une petite maison basse où loge la congrégation des sœurs franciscaines. Je commence sérieusement à mourir d'ennui dans cet appartement, et lorsque je le quitte, je ne rencontre pas âme qui vive dans l'immeuble. Il faut absolument que je trouve une occupation ! Je décide de me prendre en main en me disant que sans aucun doute, je trouverai une solution chez les religieuses, sachant qu'elles ont toujours besoin de bénévoles. En venant en Guyane j'avais en tête de soigner les lépreux. J'étais influencée par un discours de Raoul Follereau que j'avais entendu dans ma jeunesse, lorsque j'habitais à Madagascar.

J'ouvre le portail de bois qui cache une courette fleurie de zinnias et d'hibiscus. Prenant mon courage, je frappe à la porte, un bruit de pas se fait entendre, puis une religieuse au teint mat, toute vêtue de blanc, vient m'accueillir avec un large sourire. Elle n'est plus très jeune, ce doit être la mère supérieure. J'imagine à son accent, qu'elle doit être Portugaise. La religieuse m'introduit dans un petit salon garni de plantes vertes, où trône une belle statue de la Sainte Vierge.

- Patientez quelques minutes, me dit-elle, je vais vous présenter aux religieuses de notre communauté.

Je les informe du but de ma visite, en m'inquiétant de savoir, si à Kourou il y a une léproserie, expliquant à la sœur supérieure ce que je désire faire.

- La léproserie n'existe plus depuis fort longtemps, me dit-elle !

En voyant ma déception, elle me propose de les aider au catéchisme.

- Vous pouvez même prendre quelques élèves chez vous. Vous verrez, me dit-t-elle, il y en a que quatre ; ce ne sera pas une grande charge.

En les quittant, je me dis, ça m'occupera un moment.

Le jeudi suivant, j'ai donné mon premier cours. La deuxième semaine à peine écoulée, je reçois un appel téléphonique de la part de sœur Aline, me proposant quatre élèves de plus elle m'assure qu'ils seraient les derniers. La troisième semaine, je vois arriver deux petits Amérindiens de plus, tout souriants. Dans la maison aussi pleine qu'un œuf, Il n'y avait plus de places autour de ma table à manger. De semaine en semaine la liste des gamins s'allongeait. Il me manquait des chaises, les enfants faisaient leurs devoirs sur le tapis du salon. J'en étais arrivée au nombre de vingt-cinq et je n'avais pas le cœur de dire non ! Stop ! Les enfants se sentaient bien à la maison, ils prenaient leurs aises, comme s'ils étaient chez eux. Comme Kevine le petit Guyanais sans complexe qui, avant même de me dire bonjour, avait un besoin urgent de téléphoner à sa maman. Gilles le petit Amérindien métissé malgache était toujours très étonné de m'entendre parler sa langue maternelle. Quant à Donovane, celui qui arrivait toujours trop tôt ou trop tard avec sa frimousse attendrissante, me faisait tout simplement craquer. Au fur et à mesure, chacun venait au cours accompagné d'une copine, ou d'une petite sœur qui ne voulait pas rester seule à la maison, un cousin qui était de passage. Bref ! Ils commençaient à prendre bien trop de liberté et les cours en subissaient les conséquences. Mon réfrigérateur était transformé en buvette, la bouteille de sirop prenait une claque à chaque cours. Les petits devenaient ingérables. Ce qui m'obligeât, l'année suivante à donner les cours dans la salle paroissiale, à leur grande déception.

Toujours sollicitée par les religieuses, je me suis retrouvée à dispenser mes cours à Kourou accueil. Avec les chantiers du spatial, j'ai enseigné à plusieurs élèves adultes de différentes nationalités avec une forte majorité Brésilienne. J'ai constaté que sur ma liste figuraient une Vietnamienne prénommée Dieu, venait ensuite Nono un prêtre africain, Maria conception une Colombienne, Aaron et Moise. Avec tous ces noms bibliques tombés du ciel, j'ai conclus que tout devrait se passer à merveille sous la main du Seigneur. Un jour, un ouvrier Brésilien a voulu savoir la signification du mot " merde ". Il entendait souvent ce mot sur le chantier.   Me voilà lancée dans une explication plutôt merdique, en cherchant un mot qui pourrait s'approcher de son vocabulaire. Je ne trouvais pas le déclencheur pour le satisfaire, finalement sa voisine Brésilienne qui parlait un peu le

Français, me dit : Chez nous cela s'appelle, besoin physiologique. Pourquoi ne pas l'avoir dit plus tôt ?

Et l'autre qui en remet une couche, me demande d'un air innocent :

- Ma ! Et pour le chien, c'est quoi ?

Me voilà donc partie dans l'énumération des excréments d'animaux, à chacun de donner la traduction dans sa langue ; nous sommes restés dans cette matière fécale, jusqu'à la fin du cours. Il est vrai que dans chaque langue le mot est différent, mais tout de même !

En parallèle, je donne également des cours au village Saramaka situé un peu à l'écart de la ville. Ayant récupéré ma voiture, je peux à partir de ce moment aller et venir à ma guise. L'école n'est qu'un vieux bâtiment en bois sur pilotis, qui semble tenir debout par enchantement ne pouvant probablement pas faire autrement. Elle est située entre deux rues en bordure d'un canal nauséabond, où l'eau croupie survolée par une nuée de mouches accueille les ordures du village. Les religieuses veulent alphabétiser une cinquantaine d'enfants, tous âges confondus, qui traînent à longueur de journée dans les rues. L'école, pauvrement meublée, possède des bancs branlants, quelques tables de récupération, un unique tableau noir et une armoire métallique plus que rouillée. La salle est sombre, tout juste éclairée par deux ampoules récalcitrantes, deux ouvertures donnant sur le canal, pas de sanitaires. Durant la récréation, les élèves traversent la rue pour faire leurs besoins chez eux. Les livres et les cahiers sont donnés par des âmes charitables. Il nous faut faire avec les moyens du bord, à nous de nous adapter ! Les élèves, venant d'un mélange ethnique Bushe, Bonni, Djuka, Saramaka sont tous des enfants illettrés, ils ne parlent que le " taki taki "la langue du fleuve. Je me dis que ce charabia va me compliquer la vie. De plus il n'y a pas de section pour séparer les petits, des grands. Ce sera encore la pagaille.

A Kourou accueil j'ai parmi les élèves une Hindoue prénommée Laïla. Un jour qu'il pleuvait des cordes, elle m'a demandé de rester un peu dans la classe en attendant l'arrêt du déluge. Au début de son arrivée, elle ne prononçait pas un mot de français, mais elle apprenait très vite, elle était si douée qu'apprendre trois langues à la fois ne la rebutait pas. Pour patienter, je lui ai raconté les difficultés rencontrées avec les enfants du village car leur langue me posait problème. Elle m'a dit :

- You habie koloko !   Vous avez de la chance !

Je parle couramment le taki taki, je peux vous aider si vous le désirez. Je lui ai proposé de venir à la maison, pour échanger nos connaissances. Chacune y trouva son compte. Je préparais ainsi mes cours pour la semaine et je pouvais plus facilement me faire comprendre. J'ai appris par cœur les premiers mots qui devaient me servir au cours suivant. En tout premier, Bonjour : fai tan, au revoir : boen, assis : si don, debout : opo, sortez : gué. Pour un début ce n'était pas si mal, mais je n'étais pas encore arrivée au bout de mes peines. Il a fallu que je me résigne à faire plusieurs sections, la première pour ceux qui ne savaient pas écrire, la seconde pour ceux qui apprenaient à lire, une autre pour ceux qui maîtrisaient les deux. Pourquoi ai-je eu l'idée de les séparer ? J'étais loin d'imaginer ce qui allait se passer. Pour commencer, je n'avais pas remarqué que les enfants prenaient place sur les bancs par ethnie, premier problème. Les filles ne voulaient pas s'asseoir avec les garçons et se cramponnaient au banc deuxième souci. Nous avons essayé de prendre à bras le corps une ou deux élèves, elles se sont agrippées aux autres, le banc est tombé, la grappe d'enfants s'est ressoudée au siège à la vitesse de l'éclair, impossible de les séparer. Nous avons fait appel au capitaine " Chef du village " pour lui expliquer la situation. C'était la meilleure façon de se faire entendre et par la même occasion se faire comprendre. Cette expérience m'a lessivée ! Au fil des jours, nous nous sommes mieux organisées, je prenais un réel plaisir à venir au village. Un jour, alors que j'apprenais à un petit nouveau à écrire l'alphabet en commençant par une ligne de O, j'ai vu le gamin devenir presque blanc, s'accrochant désespérément à son crayon, il suait à grosses gouttes, il voulait tellement s'appliquer. J'ai dû l'arrêter dans ses efforts, avant qu'il ne perde connaissance. Je lui ai massé la nuque afin de le décontracter.

Du fait que je parlais un peu leur langue, les élèves s'ouvraient à la compréhension et timidement posaient des questions. Je trouvais cependant que les livres que nous avions à notre disposition, n'étaient pas adaptés à la situation. Difficile de leur apprendre ce qu'était un lit, puisqu'ils dormaient dans des hamacs. Allez donc apprendre à un petit Saramaka le mot sapin, alors qu'il n'en a jamais vu et ne connaît que les cocotiers et encore moins la salle de bain, puisqu'il se lave à la rivière. Je trouvais cela plutôt décalé par rapport à leurs coutumes et leur façon de vivre. Environ tous les trois mois, de nouvelles têtes arrivaient à l'école. La plupart de ces enfants étaient élevés par un oncle, ou un voisin. Dès l'âge de quinze ans, ils devaient aller travailler pour aider leur famille. Ils regagnaient les villages au bord du fleuve, afin de laisser la place à d'autres enfants plus jeunes qui viendraient à leur tour sur les bancs de l'école. Cet état de fait expliquait ce roulement perpétuel. Un jour pour détendre un peu les enfants. J'ai demandé à Saidou.

- Saidou you abie doifi ?   Saidou as-tu un oiseau ?

Quelques doigts se sont levés,

- J'ai interrogé le premier en lui disant, san na yoe nen ? Quel est son nom ?

- Il m'a répondu Picolette.

- Et le tien Virgile, quel est son nom ?

- Picolette madame.

- J'interroge un troisième, encore Picolette. Je me suis dit, que ces enfants manquaient un peu d'imagination. En fait Picolette était un nom d'oiseau comme le merle chez nous.

-Saidou me dit, si tu en veux un, il faut que tu me donnes du chewing-gum, je vais le mâcher et quand il n'y aura plus de goût, je vais t'attraper un oiseau.

- Peux-tu m'expliquer comment tu feras ?

— Je pose le chewing-gum sur une branche au soleil pour le faire fondre, et Picolette se colle dessus.

L'histoire de cet oiseau n'est pas banale, les Saramakas le considèrent comme leur ancêtre. Où qu'ils aillent, l'oiseau est porté religieusement dans sa cage, à la pêche, au marché, à la plage, à vélo. De plus c'est un chanteur hors pair ses vocalises sont surprenantes. Il y a même des concours organisés à une certaine période de l'année, pour déterminer qui sera le meilleur chanteur.

Pour l'éducation nationale, nous n'avions légalement pas le droit de faire la classe à ces enfants. Ils devaient s'inscrire à l'école publique pour être scolarisés. Mais il y avait un problème, le manège infernal se mettait en route. Tout d'abord ils devaient présenter à l'école, une fiche d'état civil, ainsi que le carnet de vaccinations, sans cela pas d'inscription. Ils retournaient à la mairie, mais sans livret de famille, il était impossible d'obtenir ce qu'ils demandaient. Ils avaient tout laissé au Surinam en fuyant la guerre. Ils devaient donc se contenter d'un enseignement réduit et nous étions dans ce sens, les bienvenues. Tous ces enfants destinés à la délinquance étaient quand même mieux à l'école, au lieu de traîner dans les rues. Ce que nous faisions finalement dans l'inégalité, arrangeait tout le monde, malgré les discours d'apparence qui ne servaient qu'à vouloir nous en dissuader. Ce qui était le plus extraordinaire en regard de l'administration locale, c'est qu'il était question d'agrandir le village, vu la démographie galopante. A force de dévouement et de ténacité, quelques élèves ont pu rentrer dans des classes transitoires, mais le problème n'a pas été résolu pour autant étant donné que la situation des réfugiés n'était pas complètement réglée. Combien d'enfants ont été mis à l'écart d'un enseignement salutaire pour leur avenir ? Dieu seul le sait !

L'INCENDIE

Six ans plus tard, alors que nous avions déménagé, nous avons été réveillés un soir par le hurlement des sirènes. Que pouvait-il bien se passer ? Pendant un moment nous avons pensé qu'il s'agissait d'un simple exercice pour vérifier le bon fonctionnement du matériel. Autour de chez nous, rien ne semblait anormal, puis plus rien tout redevint calme. Le lendemain je devais me rendre à la poste. Quelle ne fut pas ma surprise, en passant devant notre ancien logement ! L'immeuble avait brûlé, il ne restait que quelques murs calcinés, les vitres avaient éclaté, les balcons en plexiglass avaient fondu. De la boutique de Willy il ne restait qu'un tas de cendres. Les pompiers étaient encore sur place, et la fumée s'échappait encore des débris qui restaient. Assis sur le trottoir d'en face, les locataires en petite tenue, attendaient hébétés. L'incendie avait commencé dans l'épicerie, provoqué par un court-circuit semble-t-il. Comme de coutume le chinois avait enfermé ses deux gardiens à l'intérieur, puis il est rentré chez lui. D'après ce que racontaient les badauds, le temps de donner l'alerte, hélas ! Le feu avait commencé à se propager à l'immeuble attenant. Les pompiers municipaux sont arrivés pour faire sauter les cadenas et libérer les deux gardiens au bord de l'asphyxie ; ils avaient failli finir leur vie grillés comme des merguez. Quand les pompiers ont voulu éteindre l'incendie, la citerne était vide. Vous allez penser que j'en rajoute un peu, mais non, mais non, c'est véridique ! Ils ont fait appel à la brigade des sapeurs-pompiers de Paris, basée au centre spatial. Le temps de remplir leur citerne à la bouche d'incendie, le feu avait pris de plus belle. Les pompiers de la ville n'avaient pas eu la présence d'esprit de faire évacuer les deux immeubles, trop occupés à ouvrir la bouche d'incendie sur le trottoir d'en face pour remplir leur citerne. Les renforts, plus efficaces sont rapidement intervenus pour faire évacuer les locataires. Dans la précipitation chacun a emporté ce qu'il pouvait, le reste est parti en fumée avec l'immeuble.

LES CHERCHEURS D'OR

Lors d'une sortie, j'ai fait la connaissance d'une charmante dame, qui à la suite de nombreuses rencontres, est devenue mon amie. Adhérente du club de pétanque, elle m'invita à venir y faire un tour. Elle avait de nombreuses relations et me présenta à ses amis. La pétanque ce n'était pas ma tasse de thé, mais il y avait pas mal de gens influents qui pouvaient m'être utile. Depuis mon arrivée j'avais entrepris diverses choses, mais pour moi je n'en faisais pas assez. Je voulais ajouter à mes activités, des visites à l'hôpital. J'en touchais deux mots à sœur Annie, puis à Nadette ma nouvelle amie. Par chance, cette dernière connaissait le directeur du CMCK hôpital de Kourou. Nous avons pris rendez-vous. Le directeur faisait aussi du social et mon idée n'était pas pour lui déplaire. Avec son accord, la semaine suivante l'infirmière en chef, nous a remis à chacune un badge de le croix rouge pour faciliter nos visites. Un enfant handicapé moteur fut notre premier contact, il se prénommait Jean-Marc. Il avait le buste d'un gamin de dix ans, il était complètement atrophié et ne pouvait se mouvoir en aucune façon. Je n'avais jamais été confrontée à une situation aussi bouleversante ; ce petit grabataire faisait peine à voir. L'infirmière nous a dit, que l'enfant ne réagissait qu'à la musique et que dans la nuit, quelqu'un lui avait volé sa radio cassette. Sachant que nous faisions du bénévolat, elle nous a demandé si nous pouvions trouver des vêtements chauds pour le gamin. Il devait être rapatrié en métropole, dans un centre spécialisé. Ce premier jour fut bénéfique, les malades étaient ravis de notre passage. La semaine suivante, les bras chargés, nous leur portions des revues. En entrant dans une chambre, toujours avec la petite phrase d'introduction : Bonjour, je vous apporte des journaux ! Le malade me répondit, je n'y vois pas bien, j'ai reçu de l'acide dans les yeux, il me faudrait des lunettes. J'en ai fait part à une bénévole qui s'est mise en quête de lui trouver une monture. Sœur Annie lui a pris par la suite un rendez-vous chez l'ophtalmo, puis chez l'opticien. J'ai conduis ce monsieur à ses rendez-vous, il était heureux de pouvoir s'adonner de nouveau à la lecture. Quelques jours plus tard, je lui ai rendu visite pour m'assurer qu'il portait bien ses lunettes. Il les avait rangées sur son buffet, parmi ses objets décoratif, et m'a dit, je ne les porte pas trop pour éviter de les casser.

Tous les cas sociaux étaient répertoriés sur un petit carnet pour en faire part aux religieuses, qui par la suite, étudiaient les besoins de chacun. Pour en revenir à notre tout premier contact, nous avions récolté de l'argent pour lui offrir une radio, Nadette avait eu l'idée d'acheter en plus, un cadenas et une énorme chaîne, pour attacher la radio cassette aux barreaux du lit. Vu la grosseur de la chaîne, nous aurions pu y attacher une moto, ce qui a beaucoup amusé l'infirmière. Les notions de portugais de mon amie lui permettaient de converser avec les malades brésiliens, de mon côté je me débrouillais avec mes connaissances en espagnol pour dialoguer avec les colombiens et les péruviens. Le taki-taki que j'apprenais avec Laïla n'était pas de trop, pour aider les enfants surinamiens hospitalisés loin de leur famille. Un jour, nous fûmes convoquées chez les religieuses pour voir ce que nous pouvions faire pour José et João, deux brésiliens, arrivés aux urgences. La mère supérieure nous demanda de leur trouver des caleçons et des chemises, car ces deux malheureux n'avaient rien à se mettre sur le dos. Lorsqu'elle leur rendait visite, un journal posé sur leur partie génitale, leur servait de cache sexe, c'était le seul moyen de voiler leur nudité. Les deux compères étaient chercheurs d'or clandestins. Au cours d'une rixe, l'un avait pris des balles en plein ventre, ce qui avait endommagé ses intestins et son pancréas. L'autre avait le ventre ouvert à l'arme blanche. Après deux mois aux soins intensifs, ils se trouvaient au bloc chirurgical où nous pouvions leur rendre visite. Nos deux lascars toujours reliés à un appareil respiratoire et aux gouttes à gouttes, n'ont pas même répondu à notre premier bonjour. En croisant les infirmières dans le couloir, elles nous ont laissé entendre que nous aurions du fil à retordre avec ces deux malades.

- Ils sont infects, nous mettent la main aux fesses et nous insultent ont-elles-dit.

La semaine suivante, toujours branchés à leurs tuyaux, ils n'ont pas réagis à notre bonjour.

- Bom dia insista Nadette. Un léger sourire se dessina sur leur visage et à renfort de gestes, ils nous ont fait comprendre leur embarras de se présenter à nous avec un journal pour tout vêtement. Durant plusieurs mois ils ont été alimentés par perfusion, parfois ils semblaient aller mieux et la semaine suivante ils étaient au plus mal. José et João attendaient nos visites du jeudi. Ils n'avaient pas de famille. Émigrés et clandestins, attirés par l'illusoire eldorado, ils avaient échoué dans la forêt Guyanaise espérant trouver de l'or. Nous étions en quelque sorte devenues leur famille de remplacement.

Petit à petit, nous sommes arrivées à gagner leur confiance en venant régulièrement prendre de leurs nouvelles. Pour eux, l'aventure de l'or les avait conduits sur un lit d'hôpital. L'état de santé de nos deux malades finit par s'améliorer au fil du temps. Le médecin voulait faire sortir João qui allait mieux, il lui fallait seulement revenir chaque jour pour changer ses pansements. Mais pour aller vivre où ? Sans argent, sans famille, ni logement, il était voué à traîner dans les rues. Sans hygiène, ses plaies risquaient de s'infecter gravement. Finalement, nous avons obtenu du médecin qu'il puisse rester à l'hôpital jusqu'à complète guérison. Ceci nous donnait le temps de trouver pour João un logement avant de le faire rentrer au Brésil. Avec sœur Annie, nous avons fait la tournée des bidons-ville, personne ne voulait se charger d'un inconnu. Nous avions frappé à toutes les portes sans résultat. Il ne nous restait plus qu'une dernière baraque à faire. Au risque d'essuyer un ultime refus, nous avons frappé à la porte. Une jeune Brésilienne se présenta sur le seuil, un flacon de vernis à ongle à la main. Toute grassouillette, vêtue d'un short en jersey qui la boudinait outre mesure et un tee-shirt moulant qui laissait deviner une généreuse poitrine.

- Entrez, nous dit-elle.

Sœur Annie lui expliqua le but de notre visite. Après un moment d'hésitation, la jeune femme accepta d'héberger notre João. Elle le prendrait en charge en attendant que nous puissions rassembler un peu d'argent pour organiser son voyage vers le Brésil. En la quittant sœur Annie lui dit :

- Je te le laisse, mais tâche de ne pas trop le fatiguer. En repartant, nous avons demandé à la religieuse : Pourquoi lui avez-vous dit, de ne pas trop le fatiguer ?

- Parce que c'est une prostituée, et qu'il n'est pas en pleine forme ! A-t-elle répondu.

- Toujours est-il ma sœur, que nous lui devons une fière chandelle. Sans l'accord de cette femme, nous aurions encore João sur les bras !

Nous n'en avions pas encore fini avec notre chercheur d'or.

- A présent qui va payer son voyage ? Mon idée était de le remettre aux autorités. De ce fait il repartirait gratuitement chez lui, en faisant un petit séjour en cellule avant de prendre l'avion. Dis-je.

Il fallait tout d'abord en parler avec l'intéressé, et savoir si ce monsieur était d'accord sans lui donner l'impression de le balancer. Suite à cela, il nous fallait exposer la situation aux gendarmes en y mettant nos conditions, pour que tout puisse se passer en douceur, c'est-à-dire, pas de cellule ni de menottes. Le matin du départ, l'estafette est venue récupérer notre chercheur d'or chez sa logeuse. Comme il avait été convenu, nous étions toutes au rendez-vous. Nous avons escorté notre clandestin à la gendarmerie pour vérifier s'il n'était pas derrière les barreaux, mais bien dans la salle d'attente avant de gagner l'aéroport. João a pu enfin rentrer chez lui. Je pense qu'il n'avait pas dit son dernier mot. Qui sait s'il ne tenterait pas encore une fois sa chance.

ATTILA MON JARDINIER

En quelques années, Kourou avait beaucoup changé, les logements fleurissaient aux quatre coins de la ville, il y avait même une médiathèque au bord du lac. Claude-Henri avait terminé son contrat en tant que détaché, il en signa un second comme sédentaire. Nous avions fait l'acquisition d'un calypso, petite maison en bois qui avait été construite pour les cadres de la société Dumez. Il faisait bon y vivre. Un long séjour en Guyane n'était pas pour nous déplaire, malgré la chaleur et les moustiques. Le sol de notre jardin était sableux. Avec le va-et-vient des enfants qui ramenaient le sable sous leurs semelles et le chien qui se roulait dedans, la maison ressemblait à une plage en fin de journée. Il fallait constamment balayer et pour pallier à ce désagrément, j'avais semé de la pelouse, j'étais fière de ma trouvaille. Je n'avais pas encore de tondeuse et j'attendais le passage des jardiniers, ils venaient souvent nous proposer leur service. Nous allions nous mettre à table, quand j'ai entendu appeler au portail. Le jardinier tant espéré, était devant ma porte.

- Madame, j'ai besoin de travailler. Est-ce que je peux couper ton herbe ?

- Mon époux me dit : Tu ne vas pas le faire travailler par cette chaleur !

Le jardinier insista : J'ai l'habitude monsieur, dit-il.

Je l'ai donc fait entrer en lui expliquant ce que je voulais. Pour tout outil de jardinage, il n'avait qu'un coupe-coupe et sa bonne volonté. Je l'ai laissé à son travail. Pendant ce temps, nous sommes passés à table. Après quoi j'ai fait la vaisselle, un peu de rangement puis je suis allée voir où en était son travail. Il était en sueur, arborant un large sourire, il m'a dit :

- C'est fini, j'ai bien travaillé.

J'ai manqué m'évanouir, j'ai découvert avec stupeur qu'il n'avait pas seulement coupée l'herbe, mais avait tout arraché. J'ai dit à mon époux, que nous n'aurions pas ce genre de problème si nous remplacions la pelouse par une piscine. Trois mois plus tard, ce fut l'inauguration pour le bonheur de tous.

LA PAPILLONITE

Notre vie en Guyane se déroula paisiblement, nos enfants très curieux voulaient tout voir, tout apprendre. Au contact de leurs nouveaux copains, ils parlaient avec facilité le créole, et adoptaient leur nonchalance. Cette façon de vivre n'était pas pour me déplaire. J'aimais me prélasser dans mon hamac en écoutant le chant des oiseaux et la douce mélodie que faisait le mobile de bambou, accroché sous la véranda. Bercée par les gazouillis et les pièces de bambou qui s'entrechoquaient, j'appréciais ces instants de farniente, qui me conduisaient à la méditation. Soudain des piqûres de moustiques me ramenèrent sur terre et me firent plonger dans la piscine pour atténuer les démangeaisons.

- Que suis-je venue faire dans ce pays, me suis-je dit. Me voilà prise pour cible et en plus, je sers de casse-croûte aux insectes vampires qui viennent s'abreuver de mon sang. C'est quand même vexant !

Mais j'y pense ! J'ai oublié de vous parler de l'espèce la plus nuisible qui sévit en Guyane. Il s'agit d'un papillon nocturne que l'on appelle "Hylesia métabus " responsable de la papillonite. Ces papillons pondent dans la mangrove et donnent naissance à des chenilles urticantes, du genre chenilles processionnaires que l'on trouve en métropole. Avec la différence que ces petites bêtes, lorsqu'elles se métamorphosent en papillons, portent sur leurs ailes de minuscules fléchettes, en forme de harpons invisibles à l'œil nu ils se plantent dans la peau, et provoquent des dermatoses plus ou moins graves. Les papillons arrivent par nuées attirés par les lumières vives de la ville. Il est recommandé en période d'invasion de troquer les ampoules électriques blanches contre des jaunes. Il faut porter des vêtements amples, et éviter de se gratter. Avant de mettre en marche la climatisation, il est conseillé d'appliquer sur les grilles de ventilation du papier essuie-tout humide afin d'absorber les fléchettes. Il est également recommandé de boucher toutes les prises d'air. Si par malchance quelques intrus arrivent à pénétrer, ne jamais utiliser d'insecticide en bombe pour les chasser, ceci ne ferait qu'exciter les papillons, qui à ce moment-là disperseraient leurs fléchettes. Mieux vaut choisir du papier humide pour les attraper lorsqu'ils sont au repos. Après leur passage, durant deux ou trois jours, il faut éviter d'étendre le linge à l'extérieur, car un simple coup de vent peut soulever les harpons tombés sur le sol et les répandre sur les vêtements. Plus d'une fois je me suis appliquée à passer une éponge humide sur les meubles pour éliminer les fléchettes qui auraient pu s'y poser. Il y a bien des solutions anti-démangeaisons vendues en pharmacie, que je juge inefficaces, pour les avoir testées. Le meilleur remède est de rester dans une salle climatisée. Il n'y a que le froid qui calme efficacement les démangeaisons. Il est arrivé que certaines personnes fragiles soient rapatriées sanitaire vers la métropole. Lors des invasions, le maire fait installer sous les réverbères de la ville des réservoirs d'eau, pour récupérer les papillons qui finissent par se noyer. L'épandage est bénéfique, s'il est pris à temps, mais entraîne de fortes perturbations sur l'écosystème en fragilisant la mangrove. Pour ma part je garde un souvenir cuisant de la papillonite.

LE VILLAGE SARAMAKA

Le village Saramaka prenait de l'expansion, une cité sortait de terre pour remplacer les vielles cases en bois sans confort. Quelques jours avant l'inauguration, le directeur du centre spatial avait fait passer une circulaire, invitant tous les cadres à se rendre au village, afin de participer à la fête donnée en cette occasion, et de s'intégrer à la population locale le temps d'un week-end. Il y aurait des stands, une buvette ainsi que l'artisanat local et la possibilité de déjeuner sur place. Ses désirs étant des ordres, nous sommes allés à l'inauguration. Le village était pavoisé, les villageois endimanchés, en prime une musique à faire fuir tant ils avaient monté le son. Le village était en effervescence. Pour une fois que les autorités se déplaçaient jusqu'à eux ! Il fallait bien qu'ils se mettent en quatre pour les recevoir.

Profitant de la semi-fraîcheur du soir, nous sommes allés souper au village comme il avait été conseillé. Nous avons toutefois constaté, que mis à part nous, il n'y avait pas un seul Européen à la fête.

Nous avions l'impression de faire tâche, parmi la population noire. Nous avons commencé par chercher où se cachait le fameux restaurant. La surprise c'est qu'il n'existait pas, les villageois nous ont indiqué un grand espace, certainement réservé à la future place du nouveau village, où trônaient quatre tables en plastique entourées de quelques chaises.

- Le restaurant est là, monsieur, nous dit un gamin.

Nous prenons place autour de la table en attendant de voir arriver un serveur. Un jeune homme arrive avec un cahier d'écolier pour prendre les commandes. Au menu : Chips, ragoût de tapir accompagné de galettes de manioc, pour dessert rien de très compliqué, des beignets de bananes. Les autres tables sont restées vides toute la soirée. Nous étions les seuls clients assis à la belle étoile, en plein centre du village. Au bout d'un moment, j'ai vu une femme rondouillarde. Elle traversa le canal aux ordures sur deux planches lui servant de passerelle. Elle poussait fièrement une brouette chargée de marmites fumantes recouvertes d'une nappe blanche.

Elle se dirigeait droit sur nous, sourire aux lèvres, la tête enveloppée d'un turban.

J'ai dit à ma belle-mère venue en vacances : Non, ce n'est quand même pas notre repas qui arrive ! Mais si, c'était bien çà. Le serveur pas très habile, nous servait directement de la marmite à l'assiette. Les villageois faisaient cercle autour de nous comme des abeilles sur une tartine de confiture, en nous tapant sur l'épaule pour nous demander si nous apprécions leur cuisine. Le dessert arriva présenté sur une assiette. J'ai particulièrement apprécié la mini banane frite coupée en deux, garnie d'une touche de ketchup. Par respect pour nos hôtes je n'ai pas éclaté de rire, mais quelle soirée mes amis !

Cette ethnie est surprenante par ses croyances et reste un véritable danger sur les routes. Si un Saramaka se déplace la nuit sur son vélo, il n'a ni phare, ni feu arrière, ceci pour éviter que les esprits malfaisants ne le suivent et trouvent sa demeure.

TRISTE NOUVEL AN

L'année se terminait, on se préparait à fêter le nouvel an dans la joie pour les uns, la souffrance pour les autres. Alain était anéanti, il venait de perdre sa maman dans des circonstances dramatiques elle n'avait que cinquante-cinq ans. En rentrant du réveillon, il l'avait retrouvée morte elle s'était suicidée. Pour les gendarmes la mort semblait suspecte, le corps devait être envoyé à Cayenne pour une autopsie. Nous avons reçu le jeune homme à la maison, pour attendre sa sœur qui arrivait de Paris. La semaine suivante, les obsèques devaient avoir lieu à seize heures. Sachant qu'ils n'avaient pas de famille sur place, j'ai proposé de les conduire en voiture. Nous sommes arrivés avant le fourgon. La fleuriste avait apporté une couronne et une belle gerbe d'oiseaux du paradis, pour accompagner leur mère vers sa dernière demeure. Je voyais le moment où nous ne serions que cinq avec le curé, pour mettre en terre cette pauvre femme. Mais petit à petit, ses amis sont arrivés. L'heure de l'enterrement était largement dépassée, lorsqu'un chauffeur de taxi s'est arrêté pour nous dire que le fourgon funéraire serait en retard et qu'il fallait patienter. Le soleil était ardent et pas un arbre pour se mettre à l'ombre. La dépouille mortelle finit enfin par arriver, à la réception du cercueil un représentant de la loi a fait signer une décharge aux enfants de la défunte. Le fourgon s'est aventuré dans l'allée principale, sur le chemin goudronné, puis s'est arrêté bloqué par un tas de sable. Les enfants de la défunte portaient la couronne et suivaient la dépouille. Les quatre agents des pompes funèbres qui portaient le cercueil slalomèrent entre les tombes à la recherche de la sépulture creusée la veille à la limite du cimetière. Un grillage nous séparait de la route où trois gamins se disputaient pour un sabre qu'ils avaient trouvé. Le plus âgé voulait se faire entendre, les deux autres ne voulaient rien savoir et perturbaient sérieusement la cérémonie. Le prêtre leur demanda de faire silence, afin de respecter la mise en terre. La bière fut déposée à même le sol, le temps pour les fossoyeurs de placer deux planches sur les côtés du trou pour descendre le cercueil. Pendant ce temps chacun prenait place pour que la cérémonie puisse se dérouler. Ayant posé ma gerbe, j'ai trouvé un petit coin où je me suis installée entre deux tombes, ou plutôt entre deux tas de sable remontés en dômes comme font les enfants sur la plage. Sur l'un d'eux trônait un vieux seau en étain, quelques pièces de monnaie, un morceau de canne à sucre, une bouteille de rhum entamée, une tasse à café semi-enterrée, ainsi que des morceaux de chandelles. Sur le second, une croix posée à plat avec des fleurs en plastique, séchées pas le soleil. Le prêtre commença les prières, puis entonna un cantique. Rosa la fleuriste suivait le chant tant bien que mal, pour ma part je ne connaissais que le refrain. Alain et sa sœur, contenaient leurs larmes. Durant le temps de la cérémonie, j'ai balayé le cimetière du regard. Je voyais des tombes carrelées de céramiques, d'autres entourées d'une simple palissade peinte en noir, des pots de fleurs éparpillés sur le sol, dans les allées traînaient des sacs en plastique, des cannettes de bière, de la nourriture, des bouteilles de rhum, des morceaux de bougies, des vases renversés. Puis, j'ai vu un chien couché sur une tombe blanche, il dormait paisiblement, fidèle à son maître. J'avais le cœur serré de constater où finissaient nos morts. Ce n'était plus un cimetière mais un beau dépotoir, presque une décharge publique. Plus je regardais, plus j'avais un sentiment de dégoût, je pestais contre la mairie qui laissait ce lieu à l'abandon et ne faisait faire le nettoyage que pour le premier novembre. Il n'y avait pas de gardien, les défunts croupissaient parmi les immondices. Le cercueil fut mis en terre, puis les fossoyeurs armés de leur pelle, ont commencé à reboucher le trou. Machinalement j'ai compté les pelletées qui retombaient sur le bois du cercueil. Je m'imaginais être dans cette tombe, mes enfants pleurant leur mère dans un décor de poubelle. C'est alors que je me suis exprimée à haute voix en disant :

- Si je meurs ici, je préfère être incinérée, plutôt que d'être enterrée dans ce dépotoir !

Chacun m'a donné son approbation d'un hochement de tête. En regagnant la sortie, j'ai interrogé la fleuriste au sujet du chien. J'ai su qu'il avait perdu son maître six mois auparavant et que chaque jour il venait dormir à la même place. Il repartait au domicile de sa maîtresse vers midi, puis revenait le soir.

Pour Alain, une page venait de se tourner, il lui fallait prendre sa vie en main et continuer son chemin. De retour à la maison, une averse est venue rafraîchir l'atmosphère, comme si elle voulait laver la terre de ses plaies et redonner vie à la nature.

VAVAL

Parler de la Guyane sans mentionner le carnaval, serait presque une injure au pays. VAVAL comme disent les Guyanais, c'est un moment sacré. Les festivités commencent la seconde semaine de janvier, pour se terminer le mercredi des Cendres. Les universités carnavalesques sont en effervescence, elles organisent des bals masqués tous les week-ends, les Guyanaises se parent de leurs plus beaux atours. Sous leurs déguisement les touloulous (femmes costumées) sont méconnaissables, elles cachent entièrement leur corps, leur visage, leurs mains et leur coiffure, pour tromper leur cavalier. Les maris ne reconnaissent pas leur épouse déguisée de la sorte, puisqu'elle va s'habiller chez une copine. Tous les samedis, elle porte une tenue différente. Les touristes arrivent par charters, pour draguer les belles touloulous, c'est aussi la période des scènes de ménage, les divorces vont bon train. Ce ne sont que pleurs, déchirements et règlements de comptes. Les rendez-vous du week-end se font à la POULINA ou chez NANA, les salles de bal sont entourées de gradins, où vont se percher les curieux, tandis que sur la piste se trémoussent les belles pour attirer les cavaliers. Chacun ayant fait son choix, les danses s'enchaînent pour chauffer la salle. Vient enfin le Zouk piqué, danse suggestive pour chauffer les cavaliers. Il fait si chaud à l'intérieur de ces hangars aménagés en salles de bal, que les tôles ruissellent de gouttes d'eau qui retombent immanquablement sur les danseurs. Jusqu'au petit matin, l'ambiance est surchauffée. Pour respecter la tradition après le bal, les gens se regroupent par affinité. Ils finissent la soirée devant une pimentade, un ouassou de poissons, toujours bien arrosés de ti' punch. Les dimanches après-midi sont réservés au Vidé. Pour cette manifestation les gens se regroupent par quartier, ils suivent un camion transportant d'énormes enceintes diffusant une musique endiablée. Entraînant dans un vent de folie la populace, l'engin fait le tour de la ville. Si par hasard, sur le passage de la foule les volets des échoppes ne sont pas baissés, celle-ci s'introduit en chahutant et dévalise le magasin. Cette pratique est devenue le cauchemar des commerçants chinois.

Un Vidé est aussi réservé aux écoles, à la grande joie des enfants. Ma petite fille âgée de cinq ans, fêtait son premier Vaval, je lui avais confectionné une tenue de clown qu'elle portait avec fierté, sa perruque bleue lui allait à merveille. Entraînée dans une joyeuse farandole, les enfants ont rejoint les autres groupes sur la place de la mairie, pour suivre la fête. Encadrés des enseignants, chantant à gorge déployée la chanson du Vidé qui se résumait en ces mots :

- Pas coquer à gauche, pas coquer à droite, capote, capote, mettez chapeau attention sida.

- J'entends encore, deux mamans Européennes faire des réflexions au sujet du chant carnavalesque. Elles étaient outrées qu'on puisse faire chanter de telles horreurs à leurs progénitures. Il est vrai qu'elles venaient de débarquer en Guyane, ça peut surprendre ! Elles ignoraient qu'ici, il y avait quatre-vingt pour cent de cas de sida. Mieux valait prévenir que guérir. Ils n'avaient pas tort de faire chanter "pas coquer à gauche, pas coquer à droite," en lançant des préservatifs comme des bonbons sur le parcours des enfants qui se ruaient dessus pensant que c'était des ballons. Autant initier les enfants dès leur plus jeune âge. Hélas, ce procédé ne freinait en rien la propagation du virus HIV.

Le mercredi des cendres la cérémonie religieuse est reportée au vendredi, pour la bonne raison que ce jour-là il n'y a pas un chat à l'Eglise. C'est l'enterrement de Vaval, les gens défilent dans les rues, en tenue de deuil, ils miment pleurs et lamentations poussant sur une civière le roi carnaval qui finira brûlé en place publique.

LES ÉLECTIONS

Ici rien n'est comme ailleurs, tenez par exemple les élections.

Nous devons choisir un nouveau maire pour la ville de Kourou. En Guyane le brassage de population est énorme. Chacun arrive avec ses us et coutumes, traînant avec soi ses grigris. Les prétendants sont nombreux, trois frères se disputent le siège doré de la mairie. Jonglant avec les mots et les promesses pour endormir les électeurs comme de coutume. Le jeu est surtout de déstabiliser les adversaires par tous les moyens possibles, afin de pouvoir régner. C'est là que rentrent en jeu les puissances occultes. Chacun utilise ses ''piailles'' qui sont des sorts que l'on jette aux adversaires. C'est ainsi que l'on retrouve dans les coins et sur les tombes des tee-shirts à l'effigie de certains prétendants à la mairie, enfilés sur des croix. Des poulets noirs sont égorgés. Des bougies et bouteilles de rhum entourées d'un ruban rouge font partie du cérémonial. Tout est bon pour intimider l'adversaire, au cas échéant, ils font même appel au vaudou Haïtien, ou à la Quimbanda, magie noire des Brésiliens. Face à ces messes noires les esprits faibles abandonnent la course. Les élections terminées, on range les sortilèges, les promesses sont oubliées et la vie continue.

SUR LA ROUTE DE ROURA

Laissons de côté la politique et allons plutôt faire un tour sur le fleuve. Suivez-moi, je vous emmène à Dacca, nous prendrons la route de Roura. C'est un coin perdu au bord du fleuve, qui cache un charmant petit restaurant sur pilotis, blotti dans la verdure. C'est un endroit rêvé pour se détendre le temps d'un week-end, loin des bruits de la ville. Aujourd'hui il pleut, la promenade en pirogue sur le fleuve est compromise, mais en insistant un peu l'hôtelier consentira à nous laisser faire un tour. Les embarcations sont rangées côte à côte près du ponton ; par chance le ciel s'éclaircit, la ballade sera bien plus agréable. Avant le départ sécurité oblige, il nous faut enfiler un gilet de sauvetage plutôt crasseux à l'odeur de moisi, mais ne nous attardons pas sur les petits détails en faisant la grimace, pensons plutôt à notre sortie sur le fleuve. Nous prenons place dans la longue pirogue à moteur conduite par un Amérindien connaissant le fleuve dans les moindres détails. Nous partons pour trois heures de promenade dans un décor majestueux. Ayant quitté l'embarcadère, l'embarcation s'engage dans un passage ombragé, en suivant les méandres qui nous conduiront dans une crique. La forêt étant son domaine, le piroguier nous donne au passage le nom de la faune et de la flore. J'avais oublié de mettre dans mon sac carnet et stylo pour tout noter, par chance un passager me tend une feuille, un autre me prête un crayon. Je ne veux rien perdre de cet enseignement, c'est l'occasion pour moi de prendre un cours de botanique en pleine nature. Notre takari (pilote et guide) coupe de temps en temps le moteur pour nous laisser écouter la forêt, et nous faire admirer les plantes aquatiques comme le moucou-moucou dont les fruits sont comestibles. Le palmier bâche dont les feuilles servent à couvrir les cabanes, a des fruits utilisés pour faire de l'huile principalement au Brésil. Quelques lézards-caïmans mangeurs d'insectes se font dorer sur un tronc. De ravissants papillons bleus que l'on appelle morpho dansent au-dessus de l'eau. J'apprends le nom de nombreuses essences, le bois serpent, l'amourette, l'amarante ou bois violet, le bougouni dont l'écorce pilée sert de cataplasme, le bois caca que l'on évite d'utiliser. Ce dernier est rarement employé en menuiserie pour la fabrication des meubles, mais nous avons eu le désagrément de constater lorsque nous avons emménagé, que notre lit avait une odeur particulière, il avait été confectionné dans ce bois dont l'odeur était insoutenable. Nous avons rapidement demandé à l'organisme qui livrait les meubles, de venir le changer.

Au beau milieu de la promenade, notre embarcation s'est retrouvée en équilibre sur un tronc d'arbre, la marée descendante nous prenait en otage. Nous étions naufragés, ne pouvant ni avancer ni reculer, il fallait mettre pied à terre pour se sortir de ce mauvais pas. La couleur de l'eau n'engageait pas à descendre, quelques courageux ont fini par se décider à se mettre à l'eau. Le takari a dû remonter le moteur, la manœuvre était de pousser l'embarcation, en la faisant glisser sur le tronc pour la projeter en avant. Après plusieurs tentatives nous sommes sortis d'affaire pour continuer notre promenade. La végétation défilait sous nos yeux, fougères, orchidées, oiseaux de toute beauté un autre monde s'ouvrait à moi. Le moteur s'arrêta de nouveau, un sifflement aigu se fit entendre, la sentinelle oiseau guetteur avertissait l'arrivée d'intrus. La forêt se figea dans un silence impressionnant ! Soudain, le vrombissement du moteur vint rompre le charme de cet instant magique, qui fit s'envoler une multitude d'oiseaux. Sur notre route, un petit village perdu dans le feuillage nous accueillit en dévoilant son ponton rouillé. Nous étions à Dégrade Eskhol. Nous avons fait une pause pour acheter quelques boissons, avant de rendre visite à l'instituteur, un vieux blanc qui s'est enraciné dans ce coin perdu, pour vivre parmi les indigènes. Nous avons repris notre route vers la crique Gabrielle où nous avons découvert la savane flottante, recouverte de roseaux et de jacinthes d'eau, que survolait un ballet d'hirondelles à la recherche de moucherons. Une brise légère nous enveloppa de l'odeur sucrée du lombin, famille proche de la prune de Cythère. Nous avons pris la route du retour, profitant de la marée montante, la pirogue glissait à toute allure laissant derrière elle un bouillonnement d'écume. Nous avons quitté à regret cette nature luxuriante qui bordait le Mahury, pour nous diriger vers la jonction des fleuves de la Conté et de l'Orapu, où nous avons croisé quelques pirogues. Puis nous avons fait une halte à l'endroit où les eaux s'entremêlent. L'instant était magique ! Notre piroguier sortit de la glacière des verres et du citron, mais avant de nous offrir un 'ti'punch', il invoqua les dieux de ses ancêtres et du fleuve en versant dans l'eau, une rasade de rhum. Son geste m'a transporté à Madagascar, où les malgaches pratiquent la même coutume. Ils n'ouvrent jamais une bouteille, sans en verser une rasade sur le sol pour honorer leurs ancêtres. J'ai bu mon premier 'ti'punch' sous la pluie, ballottée par les clapotements. Puis nous avons fait route vers le village de Roura, avant de regagner Dacca notre point de départ. Cette merveilleuse journée passée en pleine nature a été une des plus belles de mon séjour en Guyane.

68

CACAO LE VILLAGE HMONG

Aujourd'hui je vais vous conduire à CACAO. C'est un village hmong qui se situe en forêt Guyanaise à plusieurs kilomètres de Cayenne. Les Hmong, réfugiés politiques, sont des montagnards originaires du sud de la Chine. Ils se sont Installés dans le nord du Laos, ils ont été persécutés par les armées Vietnamiennes et Laotiennes lors de la guerre d'Indochine. En 1977, Le gouvernement Français a décidé d'accueillir quelques réfugiés arrivés sur nos côtes sur des boat people. Il les a installés en Guyane, la population Guyanaise ne voyait pas ce choix d'un bon œil. Cependant le pays sous peuplé avait besoin de développer son agriculture. Les fruits et légumes achetés aux Surinamiens étaient importés du Brésil. C'était l'occasion rêvée d'installer les Hmong en Guyane, pour leur faire travailler la terre en créant deux villages à vocation agricole. L'un fut situé dans la commune de Mana, le village de Javouhey, l'autre dans la commune de Roura le village de Cacao. Javouhey installé par le Comité National, en liaison avec le secours Catholique, tient son nom de la fondatrice des sœurs de Cluny Anne Marie JAVOUHEY. Des terres appartenant à l'état furent alors défrichées et transformées en terres cultivables. Cinq cents réfugiés furent accueillis, transportés dans un premier temps sur le site de Cacao dans des camions militaires bâchés. Ils furent hébergés en secret dans des baraquements provisoires. Petit à petit les Hmong ont construit un village traditionnel, avec des maisons en bois perchées sur de hauts pilotis identiques à celles qu'ils avaient au Laos. Le dessous des habitations servait de préau en temps de pluie, d'abri pour les voitures et les marchandises qu'ils stockaient avant de les transporter à Cayenne. Les Hmong ont conservé leurs traditions ancestrales et se sont bien adaptés à leur pays d'accueil. Le climat et la flore étant proches du climat Laotien, les réfugiés paraissaient moins dépaysés. Durant environ deux années, ils ont évité tout contact avec la population locale qui ne souhaitait pas leur présence sur les marchés, craignant la concurrence.

Il est préférable de se rendre à Cacao quand il ne pleut pas. Après la portion de route goudronnée, il faut prendre à travers la forêt une piste qui conduit à l'hôtel du belvédère situé sur les hauteurs. A cet endroit on peut admirer l'immense mer de verdure qu'offre la canopée, tout en dégustant de succulentes brochettes d'agneau à l'ananas, servies dans des demis-bambou. Sur la piste qui mène à Cacao, la végétation se montre généreuse, les parcelles défrichées sont devenues vergers, bananeraies et cultures maraîchères fruits d'un travail de longue haleine. Le village se montre enfin après un dernier virage. Nous arrivons dans un autre monde. Au sommet d'une colline, nous découvrons une grande rue en latérite damée qui débouche sur un pont de bois traversant le petit bras de la Conté. Une joyeuse bande de gamins s'amuse à se jeter du haut du pont pour plonger dans l'eau. A l'entrée du village nous découvrons l'école primaire, une rangée de maisons quelques échoppes de fortune. Un unique restaurant, ainsi que des gargotes sont installés sur le bord de la route. Nous déjeunons parmi les poules et les canards qui viennent se promener sous la table en quête de miettes. Soupe et nems sont au menu. Le dépaysement est total et l'ambiance plutôt folklorique, n'est pas pour nous déplaire. Je trouve que l'exotisme à l'état pur a un certain charme. Lors de notre première visite à Cacao, le marché se déroulait sous un hangar, les marchands étalaient fruits et légumes sur des tables basses qui convenaient à leur morphologie.

Avec l'évolution du village, les étals ont été refaits en béton, sans tenir compte de la petite taille des Hmong. A présent lorsqu'ils présentent leurs marchandises, ils ont le nez à la hauteur de leurs légumes. Depuis rien n'a évolué, ils sont toujours obligés de monter sur des caillebotis pour voir au moins le client et être à la portée de leurs marchandises. Le marché du dimanche est devenu une attraction pour les touristes en quête de dépaysement. Il est possible de déjeuner au marché, de longues tables sont dressées et chacun peut commander son repas selon son appétit. Des marchandes de souvenirs offrent des broderies toutes au point de croix. Au Planeur bleu, on peut découvrir une multitude de coléoptères que l'instituteur du village traque la nuit, en tendant un grand drap blanc. Un projecteur attire les insectes nocturnes, après quoi il ne lui reste plus qu'à les ramasser et les traiter avant de les mettre sous verre. Pour les fêtes traditionnelles, en particulier pour le nouvel an, ou la fête du Ramboutan, qui correspond à la fin des récoltes, les villageois endossent leur costume traditionnel. Les femmes arborent leur plus belle coiffe, ornée de pièces d'argent et se parent de leurs plus beaux bijoux. Des danses sont proposées au public venu assister aux réjouissances.

Nous avons également croisé des buffles domestiqués à l'embarcadère ; ils sont utilisés pour piétiner les rizières ; ceci ajoute au village une touche d'exotisme propre aux pays Asiatiques. Il est possible d'accéder à Cacao en longeant la forêt primaire par la Conté, la promenade en barque est attrayante et plus agréable que par la route. Les villageois ont acheté des barques en aluminium pour le transport des légumes vers Cayenne car en pleine saison des pluies, la piste est quasiment impraticable.

Avant le départ de mes beaux-parents pour la métropole, nous sommes venus passer un dimanche à Cacao. Nous avons choisi de les inviter à déjeuner dans un restaurant, plutôt que d'aller se restaurer au marché. Vu la grande affluence du week-end, la salle était comble. Avant de passer à table, nous avons visité un élevage de crevettes d'eau douce à la sortie du village. Ce jour-là, des crevettes sauce piquante étaient au menu. Mon beau père, friand de crustacés, choisit donc son plat préféré. Le serveur a pris les commandes, puis il est revenu avec l'apéritif et des jus de fruits pour les enfants. Nous avons bavardé tandis que l'heure tournait. Je dois toutefois préciser, qu'il était midi passé. Le service étant un peu plus long que d'habitude, les enfants commençaient à s'impatienter. Après une bonne heure d'attente les hors d'œuvres sont enfin arrivés. Jusque-là tout se déroulait normalement. Mais le va et vient des clients perturbait considérablement les employés, qui ne savaient plus où donner de la tête pour satisfaire les uns et les autres. Je les voyais courir d'une table à l'autre, prendre les commandes, se tromper dans les plats, faire des allers-retours en cuisine pour enfin nous servir la suite du repas. Chacun avait son assiette, sauf mon beau père qui attendait toujours ses crevettes. Sa montre marquait quatorze heures trente, je le voyais agacé par la chaleur et la désinvolture des serveurs. J'ai fini par demander où en était le plat commandé.

- Il arrive, m-a-t-on répondu.

Patience, patience mais il y a des limites à tout ! Et toujours pas de crevettes. Je me suis retournée pour appeler une fois de plus le serveur qui m'a avoué ne plus retrouver la commande. En jetant un regard dans la salle, j'ai aperçu une feuille de papier sous une table. - N'est-ce pas notre commande là-bas ?

C'était bien elle qui traînait là, piétinée et presque illisible. Après nombreuses excuses, le serveur a regagné la cuisine. Il est revenu tout confus, nous dire :

- Il n'y avait plus de crevettes madame, voulez-vous un café ? Il ne reste plus rien.

En croyant faire plaisir à mes beaux-parents, j'ai plutôt perdu la face ! Mon beau-père est resté sur sa faim, alors que nous, nous étions repus. Je pense que son week-end à Cacao a dû lui rester en travers de la gorge.

L'ART TEMBE

Tout au long de mon séjour, j'ai croisé de nombreuses ethnies, mes cours d'alphabétisation m'ont conduite à faire la connaissance d'un artiste.

Dingui donnait des cours de peinture pour enseigner l'art Tembé qui vient du mot Anglais " timber " qui désigne le bois de construction. La première manifestation de cet art date du dix-neuvième siècle, seuls quelques objets à usage domestique étaient sculptés et peints. Ce n'est que récemment que le tembé est devenu un art à part entière et trouve sa place sur des tableaux de toiles, ou de bois.

La peinture étant mon passe-temps favori, j'ai voulu apprendre une technique que je ne connaissais pas. Un compas, une pointe sèche, un couteau ainsi qu'une plaque de contreplaqué sont nécessaires à un débutant. Il nous faut dessiner au compas des motifs basés sur des dessins géométriques entrelacés qui ont une signification symbolique, et sont porteurs de messages. Dans les coutumes Boni, lors d'un mariage, l'homme offre à son épouse un tembé dont les motifs représentent, le bonheur, la fidélité, la protection, en quelques mots tout ce qu'il souhaite à son épouse. Un tembé est en définitive une initiation, pour atteindre l'équilibre et l'harmonie. On le retrouve souvent sur les façades, sur les portes des maisons ou les pirogues.

Après exécution des dessins, nous devions les peindre. Chaque couleur ayant une signification précise. Le noir et le bleu marine représentent l'homme, le blanc la beauté ou la femme, le rouge le sang, le jaune la terre, le soleil, et le feu, le bleu la planète, et le vert la nature. Les peintures utilisées venaient de la droguerie et servaient à enduire les boiseries. Des pots de récupération trônaient sur les étagères, parmi quelques ferrailles entassées ici et là. J'avais choisi ce professeur car il avait remporté le premier prix de peinture ethnique organisé à Paris pour les peintres d'outre-mer. Il dispensait ses cours aux européens dans une case recouverte de tôles à l'entrée du village. L'habitation disposait d'une unique ouverture donnant sur un chemin de terre, la chaleur y était insupportable. Je me suis retrouvée dans son atelier, entraînée par une amie qui n'osait pas se rendre seule dans un village uniquement fréquenté par des indigènes. Au bout de deux séances, elle avait disparu de la circulation, me laissant seule en compagnie de six gaillards qui parlaient un dialecte incompréhensible. Tout comme moi ces élèves venaient apprendre cet art plutôt compliqué dont chaque figure avait une signification d'après le professeur. J'ai commencé par un simple dessin, en manipulant gauchement le compas. Pour moi ce n'était pas facile. J'avais toujours sur moi, un stylo et un carnet de note que je laissais traîner sur la table. Faisant d'une pierre deux coups, j'en ai profité pour demander aux élèves de me raconter leurs coutumes. Au fur et à mesure, je prenais des notes pour ne rien perdre de leur récit. Je profitais de ce cours de dessin pour améliorer mes maigres connaissances en taki-taki, avec celui qui maîtrisait un peu le français. Il avait la gentillesse de traduire les mots que je ne comprenais pas. Le jeudi était pour moi une journée récréative. Ce qui manquait cependant, c'était le sérieux des cours. Bien souvent il arrivait que je me casse le nez sur la porte, parce que le responsable de la salle, faisait sa sieste. Une autre fois il n'y avait plus de peinture. Ou bien elle était inutilisable parce que les pots n'avaient pas été refermés par les derniers élèves après le cours. Un autre jour le responsable avait emporté la clef, il fallait dépêcher quelqu'un pour la récupérer. Le professeur indigène ne se montrait que de temps en temps, et l'enseignement laissait à désirer. Cette désinvolture et ce laisser-aller me rappelait l'ambiance des pays d'Afrique où j'avais séjourné. Je perdais mon temps à vouloir assister à des cours, où à chaque séance il manquait quelque chose. Mes allées et venues, m'avaient fait rencontrer un drogué qui traînait dans les parages et qui avait toujours besoin d'une pièce pour acheter sa drogue. Je n'ignorais pas qu'il y avait un trafic important, entre le Surinam et la Guyane. Finalement j'ai dû tout abandonner à mon tour et me chercher une autre occupation.

HANNIBAL ET ÉLIE

Hannibal, de race Africaine avait la peau noire ébène et son faciès repoussant aurait fait fuir plus d'une personne. Je le croisais immanquablement sur ma route tous les jeudis. Il venait à ma rencontre, ou restait dans son coin selon son humeur. Il lui arrivait de passer devant chez moi pour me porter des mangues. Je savais qu'il n'avait pas de jardin et qu'il les volait pour venir me les offrir. Il cueillait les fleurs de ses voisins, pour les porter aux infirmières de l'hôpital et passait les après-midi dans la salle d'attente de la maternité qui était climatisée. Lorsqu'il y avait une descente de police au village, il passait toujours à travers maille, ce qui laisse à supposer qu'il était un indicateur. Son ami Élie, était un ivrogne né, il faisait la manche devant les épiceries chinoises. Il me proposait parfois, lorsque j'avais terminé de ranger mes provisions dans le coffre de ma voiture, de remettre mon chariot en place afin de récupérer la pièce. Après quelques années passées à Kourou, son petit manège avait fini par créer des liens d'amitié. Je lui accordais quelques minutes de conversation lorsque je faisais mes courses. Élie me racontait qu'il avait eu un travail et qu'à cette époque il gagnait confortablement sa vie. Issu d'une famille Guyanaise aisée, il a été rejeté à cause de ses tendances excessives à la boisson. Son patron l'a également mis à la porte pour le même motif. Je lui faisais souvent la morale, lui conseillant de faire une cure de désintoxication, d'aller voir une assistante sociale qui pourrait lui donner quelques conseils. Mais qui a bu, boira ! Un jour il me dit.

- J'ai fait comme tu me l'as conseillé, mais je n'aime pas la dame qui est assistante sociale, parce qu'elle me parle comme si j'étais un enfant. Toi tu me respectes, tu sais me parler. Regarde, je n'ai plus rien et mes chaussures sont trouées, je n'ai pas d'argent pour en acheter d'autres.

Je le voyais venir, si je lui donnais le prix d'une paire de chaussure, il irait directement au bistrot du coin.

- Quelle pointure fais-tu, montre-moi tes chaussures ? En effet elles avaient sérieusement besoin d'être remplacées. Écoute moi Élie, aujourd'hui je suis pressée, reviens demain, nous en reparlerons. Je vais voir ce que je peux faire pour toi. Passe à la maison quand tu pourras. Dans l'après-midi je me suis rendue au magasin pour trouver une paire de tongs à sa pointure. Deux jours plus tard, mon va-nu-pieds sonne au portail. Je vais à sa rencontre et lui donne de quoi se chausser, en lui disant :

- Donne-moi celles qui sont usées, je vais les mettre à la poubelle.

- Non me dit-il je le ferai moi-même.

Il s'empare des tongs neuves et rentre chez lui. Le lendemain je le retrouve, complètement allumé cuvant son rhum, assis sur le bord du trottoir avec ses vielles chaussures aux pieds. Ce sacripant avait vendu les neuves pour boire. Un jour aux environs de trois heures du matin, j'entends appeler :

- Mamy, mamy !

J'entrouvre ma fenêtre et je vois avec surprise, mon assoiffé avachi sur le portail, qui appelle de plus belle, mamy, mamy en ameutant tout le quartier.

- Ce n'est pas le moment choisi pour déranger les gens, va donc te coucher, que veux-tu à cette heure ?

- J'ai besoin d'un euro.

- Laisse-moi dormir, reviens demain.

Le lendemain il me dit, tu sais mamy, je pars à Paris à la fin de la semaine, j'ai déjà mon billet d'avion, je viens te dire au revoir.

- Où vas-tu exactement ?

- Dans le seizième, où j'ai loué un appartement.

- Eh bien Élie, ça s'arrose au champagne cette bonne nouvelle !

- Justement, je fais un pot de départ, tu peux me prêter de l'argent ?

- Tu tombes vraiment mal, je n'ai plus un sou à la maison.

- C'est dommage, parce que je suis venu t'inviter !

Élie trouvait toujours un prétexte pour venir me demander une pièce, ce matin il avait un œil enflé. Maman, me dit-il, j'ai besoin d'un peu d'argent pour aller chez le médecin, mais connaissant le zouave, il allait encore picoler à ma santé.

- Tu iras vraiment chez le médecin ?

- Oui maman !

- Élie c'est la dernière fois que je te donne de l'argent, mais si tu ne fais pas soigner ton œil, ne reviens plus jamais à la maison, trouve-toi une autre maman, moi je suis fatiguée d'entendre tes histoires.

- D'accord, je te le promets.

Ce n'était que des promesses d'ivrogne, demain il trouverait un autre argument, pour essayer de m'amadouer. A mon grand étonnement, cette fois il a tenu parole, il n'est plus revenu.

Quelques semaines plus tard, j'ai rencontré son copain Hannibal, et lui ai demandé :

- Sais-tu où est passé Élie ? Je ne le vois plus en ville ! Il me répond :

- Il a volé chez le chinois, il est en prison à Cayenne.

Je comprends maintenant la raison de son absence. J'imagine que son billet d'avion avait une relation directe avec le vol chez le chinois. Avait-il vraiment l'intention de partir ?

JOUR DE MARCHE A KOUROU

Lorsque je me rendais au marché, j'étais escorté par une ribambelle de gamins à qui je donnais des cours d'alphabétisation. Ils se chamaillaient pour porter mon panier à tour de rôle et tenaient à m'accompagner chaque jour de grand marché à travers les étals. Ce qui m'attirait quelques réflexions désobligeantes de la part de certaines compatriotes. Elles me disaient que le temps de l'esclavage était aboli et que je ne devrais pas accepter ce genre de situation. Libre à chacune de penser ce qu'elle veut ! Toujours est-il que les gamins profitaient d'une leçon de chose au fur et à mesure de mes achats, tout en enrichissant leur vocabulaire.

Le marchand d'œufs était un grand Coolie venu du Surinam qui à chaque fin d'année, m'offrait un bouquet de roses ponctué d'une bise généreuse. Le marchand d'art africain natif de la côte d'Ivoire présentait ses bibelots pour touristes et m'interpellait à chaque fois que je passais devant son étalage.

- Tu n'achètes rien aujourd'hui madame ?

Un jour il insista pour me monter un jeu qu'il venait de recevoir.

- Tu connais le jeu d'awalé ?

- Non, pas du tout.

- Arrête-toi un moment je vais te montrer, c'est facile !

- Je n'ai pas le temps !

Il a si bien venté sa marchandise que finalement j'ai pris le temps de l'écouter. Les explications très simples pour lui, l'étaient moins pour moi.

- Assieds-toi, nous allons faire une partie.

Je me suis installée sur un tam-tam et il m'a expliqué comment procéder, c'était un jeu basé sur le calcul. Celui qui prenait le plus de graines à son voisin gagnait la partie.

- Tu vois c'est facile !

Évidemment j'ai perdu la première partie, par contre je l'ai battu au second tour. Je suis repartie avec un jeu sous le bras, il avait pris soin en me faisant un bon prix de me donner la règle du jeu afin de l'enseigner à mes enfants. A l'occasion, il m'invitait à faire une partie, en me disant :

- Tu vas voir, ça va m'attirer des clients. Il n'avait pas tout à fait tort.

Kim la Vietnamienne, était ma marchande de volailles, elle vendait des poulets grillés, ainsi que des plats à emporter. Elle disposait de trois tables pour que sa clientèle puisse déguster sur place. Nous avons sympathisé, je ne repartais jamais sans qu'elle n'ait glissé dans mon panier quelques spécialités. Il était inutile de protester, elle ne voulait rien entendre.

Le Hmong qui vendait des légumes, avait toujours parmi ses marchandises des produits inconnus des touristes. Quand ces derniers voulaient savoir comment les préparer, il disait :

- Ça, c'est pour faire la soupe.

Il ne s'embarrassait pas d'explications. Un jour j'ai trouvé sur son étal des fleurs de bananiers, je lui en ai achète deux. Tout étonné il m'a dit.

- Tu connais ça ? Ici les blancs n'achètent pas.

- Comment les prépares-tu ?

- Les Hmong mettent ça dans la soupe.

- Vous mettez tout dans la soupe, même les fleurs de bananiers ? Tu devrais mettre une affichette pour expliquer aux acheteurs à quoi ça sert et comment les préparer.

- Je ne sais pas faire, me répondit-il.

Ayant longtemps vécu Outre-Mer et sachant utiliser les produits exotiques, je lui ai proposé de photocopier quelques recettes, en y incluant les photos correspondantes à ses légumes, de cette façon il en vendrait d'avantage. La semaine suivante, je lui ai rapporté des recettes en plusieurs exemplaires, en lui précisant d'en garder un double pour lui. En effet ses ventes avaient fait un bon considérable, mais après avoir épuisé son stock de photocopies, ce fut à nouveau la même phrase qu'il donnait à ses clients comme explication. Il ne savait toujours pas expliquer comment utiliser ses légumes autrement que pour en faire des soupes.

Quelques années plus tard, ma marchande de volailles m'annonça qu'elle ouvrait un restaurant à la sortie de Kourou, susceptible d'accueillir une centaine de clients. Je me disais qu'il fallait oser, parce que vendre à l'étalage et tenir un restaurant n'étaient pas une petite affaire. Elle me glissa en parlant, quelques cartes à distribuer à mes amis pour se faire connaître. L'inauguration étant fixée au week-end, je me suis chargée d'en faire part autour de moi pour lui apporter un maximum de monde. J'avais pu contacter une trentaine de personnes, toutes impatientes de passer une bonne soirée.

La salle était comble, nous voilà installés autour d'une longue table, en attendant le repas. La carte du menu écrite dans les deux langues portait un numéro devant chaque plat. Le serveur inscrivait sur son carnet les commandes en chinois, en y ajoutant le numéro correspondant au plat. Mais Lorsque le plat arrivait en salle, le serveur n'annonçait que le numéro, ce fut une vraie pagaille ! Personne ne retrouvait sa commande et les protestations allaient bon train. Les plus malins prenaient au hasard le plat qui se présentait devant eux, tandis que ceux qui réfléchissaient trop voyaient l'assiette passer sous leur nez. Le service était interminable, certains clients juraient qu'ils ne reviendraient plus, d'autre complètement hilares s'interpellaient d'une table à l'autre. Au bout de notre table, un couple fulminait s'en prenant au serveur. Quant au dessert c'était encore pire, certains sont repartis sans. Lasse d'attendre, accompagnée de ma voisine de table, je suis allée directement à la cuisine me servir dans la glacière. Étant les derniers à quitter le restaurant, le patron, le cuisinier, les serveurs et les marmitons nous ont fait une haie d'honneur. Le personnel nous a remercié en nous gratifiant de courbettes à la chinoise, avec en prime un chapeau Tonkinois offert par la patronne. Finalement, malgré leur incompétence des premiers jours, les restaurateurs Asiatiques s'en sont bien sortis et le restaurant tourne toujours.

LES ARAS ET LES KIKIRIS

J'ai planté dans mon jardin quelques ibiscus qui font le délice des minuscules colibris. Chaque matin ils arrivent et plongent leur long bec dans le calice de mes fleurs. Allant d'une fleur à l'autre, ils virevoltent sans jamais se poser, ils sont infatigables. Je me régale en les voyant faire. Ils sont vifs et rapides et meurent souvent d'arrêt cardiaque tant ils déploient de l'énergie. Ce sont mes oiseaux préférés, rares sont les jours où ils n'apparaissent pas. Cependant les oiseaux les plus beaux sont incontestablement les grands aras.

Matin et soir, un couple bleu et rouge survole notre maison et va se poser à quelques mètres de là sur les grands eucalyptus. Leurs cris nous avertissent de leur passage, il est impossible de les manquer. Nous nous précipitons à chaque fois pour les voir passer au-dessus de nos têtes, leur vol majestueux mérite l'admiration. Ma voisine qui ne manquait jamais leur passage me disait qu'elle rêvait d'en avoir chez elle, et se mit en tête de les apprivoiser. De sa terrasse, elle avait vue sur les arbres. Elle pouvait de ce fait, profiter quotidiennement de la beauté du spectacle. Elle essaya pour commencer d'imiter leur cri : Araaa ! araaa ! araaa ! Qu'elle répétait sur tous les tons pour les amadouer. Un couple d'aras en ville, est chose plutôt rare. Il est possible qu'il se soit égaré ou échappé d'une cage. Mais peu importe, ils étaient là chaque jour, perchés sur les hauteurs des eucalyptus, volant d'une branche à l'autre. Un jour elle eut l'idée de les appeler, en leur tendant des cacahuètes. Son manège, finit par les faire descendre un peu plus bas chaque jour. Après des mois de ténacité les aras sont venus manger dans sa main. Elle m'avait invité à les voir de plus près, ils étaient magnifiques ! Son proche voisin, un douanier acariâtre, ne supportait pas les cris perçants des deux oiseaux qui squattaient près de chez lui dans la journée. Il menaçait de leur faire la peau si ma voisine persistait à les attirer. Trop heureuse d'avoir pu apprivoiser ces oiseaux, elle les gavait de friandises. Le soir venu, ils repartaient à tire d'aile et revenaient le lendemain poussant leurs cris assourdissants, araaa, araaa, araaa qui ne manquaient pas d'énerver son râleur de voisin. Un matin ma voisine en pleurs vint me voir.

- Pourquoi ce chagrin ? Calme-toi, dis-moi ce qui ne va pas !

- Mes aras sont morts a-t-elle dit.

- Comment est-ce arrivé ?

- Le douanier les a tués d'un coup de fusil.

Cet énergumène ne supportait ni les oiseaux, ni même les chiens. Il avait menacé de tuer le nôtre qui selon lui, dérangeait le voisinage. Après ce regrettable incident, j'ai été me rafraîchir les idées dans la piscine, car j'aurais voulu tordre le cou à ce misérable douanier. Le temps se prêtait à la baignade et un petit plongeon m'aurait fait le plus grand bien. Il faisait un temps magnifique, notre chien faisait la sieste sous le bougainvillier et les oiseaux chantaient, nichés dans le feuillage du manguier. Je me trouvais seule à la maison, le quartier était calme. Soudain trois kikiwis, une sorte de merles couleur marron sont venus se percher sur le grillage qui bordait la piscine. Leur tête couronnée de plumes jaunes, me faisait penser aux trois petits anges que j'avais accrochés sur le mur de ma chambre. Ils étaient là immobiles et me regardaient sans bouger. Je me disais : Comme ce serait bien s'ils venaient se baigner avec moi ! Je vais essayez de les attirer par la conversation et j'ai commencé à les interpeller.

- Hé ! Les petits oiseaux ! Ne restez pas là à me regarder, venez-vous baigner avec moi, l'eau est bonne, vous ne savez pas ce que vous perdez. Mais ne voyant pas de réaction ! J'ai recommencé mon bavardage.

- Vous me faites bien rire tous les trois, vous n'êtes que des dégonflés, vous pouvez repartir ça ne sert à rien de rester là.

Ils restaient désespérément accrochés au grillage, sans même gazouiller. Je me suis lancée dans une dernière tentative.

- Allez les kikiwis, venez ! Il n'y a donc parmi vous aucun courageux ?

C'est alors qu'un des oiseaux a sauté à l'eau. Il est aussitôt retourné se percher sur le fil et s'est ébroué. Je me suis dit, c'est incroyable cette histoire, c'est du pur hasard ! Il faut que je vérifie si je n'ai pas rêvé. Je les interpelle à nouveau et je m'écrie.

- C'est sympa ce que tu viens de faire petit kikiwi, allez, saute rien que pour voir si tu es capable de renouveler ton exploit !

Le même oiseau plongea une seconde fois. J'étais vraiment sidérée, mais pas satisfaite pour autant. Je l'ai relancé une dernière fois en lui disant :

- Jamais deux, sans trois ! Va-s-y saute !

Prenant son essor l'oiseau est venu plonger devant moi, si bien que j'ai dû reculer. Je n'en croyais pas mes yeux. Avant de quitter la piscine je lui ai dit,

- N'oublie pas de revenir demain, je t'attendrai.

A mon grand étonnement, après cette inoubliable baignade, les kikiwis sont revenus chaque jour à la même heure. Le même petit effronté vint se jeter à l'eau, alors que ses deux compagnons moins téméraires, l'attendaient sans faire de bruit, perchés sur le grillage.

LE BOUILLON D'AWARA

Pour connaître la Guyane dit-on, il faut avoir goûté au bouillon d'Awara. L'Awara est un palmier épineux dont le tronc est entièrement recouvert d'aiguillons en tétrapodes orientés dans tous les sens jusqu'au sommet de l'arbre. La récolte ne peut se faire que lorsque les fruits charnus se détachent de l'arbre et tombent sur le sol. Ce qui évite de se blesser gravement. Le fruit de forme ovoïde ressemble à une petite noix de coco, qui passe du vert à l'orange lorsqu'il est mûr, il fait environ quatre centimètres. Ce bouillon est le plat traditionnel de la gastronomie Guyanaise. Il se consomme entre la Pâques et la Pentecôte, période où les fruits sont à maturité. Ils sont écrasés pour en obtenir une pâte épaisse de couleur orangée, qui servira de base pour la confection du bouillon, associée aux légumes du pays, auxquels l'on ajoute du bœuf, du porc, du poulet boucané, du poisson, et des crevettes sans oublier d'y ajouter un gros piment. Afin d'éviter de graves problèmes intestinaux, il est recommandé de laisser cuire le mélange durant vingt-quatre heures. Le plat est ensuite dégusté en famille, ou entre amis, toujours accompagné du ti' punch. La légende dit que celui qui a goûté à ce plat traditionnel s'il n'est pas résident, reviendra en Guyane. Pour ma part je ne l'ai pas goûté, craignant pour ma santé. Cependant beaucoup l'ont apprécié, disant que son goût est indéfinissable, vu la complexité du mélange de légumes et de viandes.

Dans ce pays, tout ce qui court, vole ou rampe se mange. Les singes, les tatous et agoutis, les chauves-souris, tout passe à la casserole. Les iguanes dont la chair tendre et blanche rappelle celle des grenouilles, sont très recherchés. Il paraît qu'à la période de ponte leur chair est beaucoup plus appétissante.

Au cours d'une conversation, une dame me demanda si par hasard je savais cuisiner de l'anaconda. Je lui ai répondu qu'en vérité je n'avais jamais cuisiné de reptiles et qu'en l'occurrence, je n'avais aucune idée, du goût que pouvait bien avoir l'animal.

- Je vous pose cette question me dit-elle, parce que j'ai un énorme problème. Mon mari a été à la chasse avec ses copains ils ont tué un anaconda ce week-end. A présent ils veulent organiser un repas pour manger leur capture, mais personne dans mon entourage ne sait comment cuisiner cette horreur !   - Pourquoi m'en parler ?

- Je ne sais pas, disons une intuition ! Vous qui avez pas mal voyagé, j'ai pensé que vous pourriez m'aider à résoudre le problème !

- Bon ! je vais réfléchir à votre demande, téléphonez-moi dans la semaine, je vous donnerai une réponse.

Je me disais, j'espère que son serpent n'est pas entier, je n'aurais jamais assez de marmites pour le faire cuire ! Et, très peu pour moi pour la découpe !

En milieu de semaine, je reçois un appel téléphonique :

- Bonjour, je viens aux nouvelles. Avez-vous réfléchi à mon problème ? Le repas est fixé pour ce week-end, je n'ai trouvé personne pour me dépanner, acceptez-vous de m'aider ?

- Oui, mais j'aimerai, savoir comment se présente votre anaconda ! Est-il entier ?

- Non, rassurez-vous ce n'est qu'un tronçon découpé dans la masse, il n'y a pas de problème, vous verrez !

- Portez-le-moi demain, je vais m'en occuper.

Vendredi matin la charmante dame arrive, avec un tronçon de serpent de soixante centimètres de long, sur vingt de diamètre, congelé à souhait. Par rapport au morceau présenté, je peux enfin me faire une idée de la longueur de la bête vivante, c'est impressionnant ! Tout cela n'est qu'un détail à côté de ce qui m'attend réellement. Il me faut déjà le découper pour qu'il soit prêt à cuire, mais comment faire avec un bloc de glace ? Je commence par utiliser un gros couteau de cuisine, celui-ci ne peut pas pénétrer dans la chair. Je prends donc une scie à métaux également inefficace, la lame glisse sur la glace. Armée d'une hache je m'acharne sur la bête mais à chaque coup porté, la hache rebondit sur l'animal. Malgré la chaleur ce satané morceau d'anaconda ne veut pas se décongeler. J'en attrape des suées. Mon problème est de le découper, coûte que coûte pour le faire entrer de force dans la marmite. Je lui dis :

- Tu finiras à la casserole mon vieux, inutile de résister.

En dernier recours, je finis par le terrasser en le découpant en morceaux avec mon sécateur de cuisine. Jamais je n'aurais imaginé me battre avec autant d'acharnement avec un anaconda mort. Non mais !

Le gros du travail étant terminé, je l'ai fait mariner dans du cognac, avec quelques épices, afin de donner une couleur plus appétissante à sa viande trop blanche. Le lendemain j'ai rajouté quelques champignons à la préparation. Mes marmites étant trop petites, j'ai dû acheter un grand faitout pour la circonstance et faire mijoter le reptile durant deux bonnes heures et le tour fut joué.

La dame est venue me remercier en me laissant une part pour que je puisse goûter au serpent. Je vous dirais que l'anaconda a le goût du lapin c'est à s'y méprendre. Je recommande cependant aux estomacs fragiles d'éviter de regarder son ossature de trop près. Les gendarmes ont alors pu passer à table en se remémorant la capture de l'anaconda. J'en ris encore en pensant qu'Eve a mangé la pomme et que j'ai eu l'audace de manger le serpent.

SUR LA ROUTE DE SAINT LAURENT

Pour visiter la Guyane prenons la direction de Saint Laurent du Maroni sur un trajet de deux cent kilomètres. Il y a de nombreuses choses à voir en quittant Kourou. Après quarante-cinq kilomètres de route goudronnée, nous arrivons à Sinnamary charmante petite bourgade. Une vielle Eglise faite de briques rouges fait face à un pont métallique qui traverse le fleuve Sinnamary. A proximité poussent trois immenses manguiers centenaires, abritant une colonie d'oiseaux tisserins jaune et noir. Sur les bords de la rive, le long de la rue principale, quelques maisons basses. Un petit bar attend les promeneurs qui viendront immanquablement se rafraîchir, et prendre l'air sur la terrasse sous les grands parasols. Tout à côté un restaurant le Pakira fait toujours salle comble, il offre de nombreuses spécialités Guyanaises. La salade de calalous légumes côtelés un peu gluant, que l'on appelle ailleurs gombos, renferme des petites graines délicieuses, qui une fois cuites éclatent sous la dent. Le fameux colombo de porc est en tête du menu, pimentade de poissons, ragoût d'agoutis, fricassé d'iguanes suivent sur la liste. N'oublions pas le fameux calawang qui est une salade de mangues pimentées, agrémentées de petits oignons verts. Un peu plus loin dans une boutique de souvenirs vous pouvez trouver des articles Amérindiens de la tribu Wayana.

LE CIEL DE CASE

Des ciels de case découpés dans les contreforts des grands fromagers du nom Amérindien Kamaka. Ils sont rapportés à dos d'homme au village. Les découpes sont séchées à l'ombre. Débarrassées de leur sève elles sont taillées au sabre en forme de plateau circulaire. Les surfaces sont aplaties au rabot, un seul côté est noirci au feu. Des animaux mythiques sont gravés au canif, le tamanoir, la tortue, la grenouille, la chenille urticante, l'esprit des eaux et la poule sont les motifs les plus courants. Ils sont ensuite peints. Autrefois les Amérindiens utilisaient des colorants naturels. Le modernisme les a rattrapés ils utilisent à présent des peintures achetées dans le commerce. Le ciel de case est ensuite placé sous la toiture au centre du carbet. Cette case circulaire sert de lieu de réunion. Le ciel de case, selon leur croyance est destiné à éloigner les insectes, les animaux indésirables et surtout les mauvais esprits.

Des arcs et des flèches sont proposés à l'étalage, ainsi que des babioles à bon marché pour les touristes. Le village n'est pas très étendu, coincé entre le fleuve, la mer et un coin de forêt, c'est l'endroit rêvé pour tous ceux qui cherchent un peu de calme loin des grandes agglomérations. Après avoir fait le tour de Sinnamary, nous reprenons la route vers Iracoubo situé à mi-chemin en direction de Saint Laurent du Maroni.

L'Eglise Saint Joseph d'Iracoubo est la seule curiosité du village elle lui donne une certaine notoriété. Sur la place on découvre un édifice dont les structures sont faites en bois de Guyane qui enferment des murs qui ne sont que du remplissage de briques cuites enduites de chaux. Son clocher et sa double toiture autrefois de bardeau datent de l'époque du bagne. Les planchettes ont été remplacées par une simple couverture de tôles peintes en rouge. Nous aurions aimé visiter l'Eglise, hélas ! Elle était fermée. Une passante nous voyant devant la porte, nous dit :

- Si vous voulez entrer, il vous faut aller chercher le responsable. Faites le tour, vous trouverez peut-être quelqu'un à la cure.

Ayant contourné le bâtiment, nous sommes tombés sur le curé de la paroisse qui a bien voulu nous servir de guide. Celui-ci nous a expliqué que la construction de l'édifice financée en partie par des dons avait duré six années. Le Père Raffray qui vivait à l'époque des travaux avait également ajouté quelques deniers de sa poche. L'Église terminée, ce prêtre assigné responsable du bagnard Pierre Huguet, l'a encouragé à décorer les lieux. Le prisonnier était condamné à vingt ans de bagne pour vol avec effraction. Usant de ses talents de peintre il a décoré l'intérieur du lieu de prière. C'est ainsi qu'il a recouvert de fresques naïves les murs, le plafond, les piliers et la nef. Tout en purgeant sa peine, il a pu échapper aux travaux pénibles que le bagne lui réservait. Notre visite terminée, nous avons continué notre route sur Saint Laurent du Maroni.

Sur notre passage, nous n'avons croisé qu'une dizaine de véhicules, car la route est peu fréquentée. Nous nous sommes attardés à regarder le paysage et les villages perdus dans la nature. Soudain un nuage de pluie inonda la chaussée et fit surgir de l'herbe des crapauds buffles gros comme des soucoupes qui envahirent l'asphalte. Nous fûmes obligés de faire un slalom pour éviter de les écraser. Au détour du chemin, nous avons découvert avec surprise une plantation de résineux dans la forêt primaire. Les pins bordaient les vestiges d'une ancienne fabrique de caissettes pour emballage abandonnée par manque de rendement. Nous avons rencontré un couple de singes paresseux se déplaçant avec une extrême lenteur dans un massif de bois canon. L'arbre est nommé ainsi car il a la particularité d'exploser en imitant le bruit du canon lorsqu'il brûle. Son feuillage est la nourriture préférée des aïs.

LE VILLAGE D'AWALA-YALIMAPO

La route était longue, nous avons fait une pause à Awala-Yalimapo un village Amérindien situé au bord de la mer. Nous cherchions un coin ombragé pour garer notre voiture et pique-niquer tranquillement tout en profitant de l'air du large. Nous étions entourés de petits arbustes aux feuilles rondes, d'où pendaient des fruits en forme d'œuf de couleur rose vif, virant au noir à maturité. La question était de savoir s'ils étaient comestibles, ou pas ?

- Avec ta curiosité de vouloir goûter à tout, tu finiras bien un jour par t'empoisonner. Dit mon mari.

Par chance un groupe de gamins accompagné d'un chien est venu à notre rencontre.

- Bonjour les enfants, est-ce que les fruits de cet arbre se mangent ?

- Oui madame, tu veux en goûter !

- Oui, mais est-ce vraiment mangeable ? Tu en as déjà goûté

Les enfants nous ont rassurés, ils ont grimpé sur un des arbres et l'un d'eux me tendant un fruit m'a dit :

- Tiens madame, ce n'est pas du poison, c'est bon ! il faut seulement enlever la peau.

Les fruits étaient en effet comestibles. Perchés dans l'arbre, les gamins en ont fait une vraie cure. En l'épluchant avec mes dents comme a fait le plus grand d'entre eux, j'ai constaté que la peau est très fine, l'intérieur était blanc, sucré et cotonneux. Je n'en aurais pas fait mon dessert préféré, mais à l'occasion ça pouvait toujours dépanner.

- Mais au fait, quel est son nom ?

- Zikac madame. S'exclamèrent-ils en même temps

Notre pique-nique terminé, nous avons plié bagage. Les petits Amérindiens nous ont indiqué par où passer pour aller visiter leur village.

- Il vous faut laisser votre voiture et faire un bout de chemin à pied en passant par la plage, puis prendre le sentier sur la gauche nous a expliqué l'enfant.

- A cette heure, nous ne trouverons sûrement personne dans le village. Les hommes sont probablement à la chasse, et les femmes très discrètes ne se montrent guère. Dis-je en entraînant mes amis vers la plage.

- Aujourd'hui, nous avons de la chance ! Il y a de l'animation autour d'une case. Regardez, deux femmes sont assises sur le pas de leur porte. Allons voir, elles râpent du manioc.

Question d'engager la conversation, nous demandons si nous pouvons faire quelques photos. Dans une grande bassine flotte du manioc préalablement épluché.

- Allez-vous râper tout ce manioc ? Dis-je. Qu'allez-vous en faire lorsque vous aurez terminé ?

- Nous allons préparer du kwak. Restez, vous aller voir comment nous procédons.

- Quelle est cette chose accrochée à l'arbre ?

- C'est une couleuvre à manioc. Attendez un peu vous allez comprendre. Répondit l'une d'elles.

Elles firent tremper le manioc dans un mélange d'eau et de chaux, ensuite elles versèrent le tout dans le long tube en vannerie. Le tube accroché à l'arbre par sa large ouverture, était refermé à l'autre extrémité par une boucle, où elles enfilèrent un solide morceau de bois. Puis elles tordirent la couleuvre pour en extraire le jus toxique. Elles finirent par récupérer la pulpe bien pressée pour en faire des galettes. Elles devaient être cuites sur une plaque de fer chauffée à blanc qu'elles appelaient Comal.

- Nous voilà aujourd'hui un peu plus savants qu'hier, ai-je déclaré. Nous vous remercions pour cet enseignement. C'était très aimable à vous. Si nous repassons par ici, nous reviendrons vous voir.

SAINT LAURENT DU MARONI

LE CAMP DE LE TRANSPORTATION

La route était encore longue. Mais nous avions encore le temps de faire un arrêt au lieu-dit l'Acarouany, où se situait l'ancienne léproserie installée en 1822. L'endroit transformé en sanatorium, fermé dans un premier temps, avait été rouvert pour accueillir les réfugiés Surinamiens. A présent elle croulait sous la végétation et servait de squat à des clandestins qui venaient s'y réfugier.

Mis à part le petit marché de souvenirs, où l'on pouvait trouver des sculptures en bois d'amourette ciselées par des artisans Saramaka, il n'y avait pas grand-chose à voir. Nous nous sommes attardés dans les échoppes. Nous avons discuté le prix des articles présentés sur l'étalage, comme cela se fait dans les pays d'outre-mer. Nous avons repris la route tard dans l'après-midi.

Avant de quitter Kourou nous avions réservé deux chambres à l'hôtel des trois lacs, non loin du village de Javouhey. Pour y passer la nuit avec les amis qui nous accompagnaient, avant d'atteindre Saint Laurent du Maroni. Epuisés, nous avons hâte d'arriver pour prendre une bonne douche. Après un succulent repas et une bonne nuit de sommeil, nous voilà frais et dispos le matin suivant. Nous prenons rapidement notre petit déjeuner et poursuivons notre chemin.

Saint Laurent est la commune la plus peuplée après Cayenne. Elle se trouve un peu en arrière de l'embouchure du fleuve Maroni. Albina du côté Surinamien lui fait face sur l'autre rive.

Saint Laurent abrite dans son agglomération, les ethnies les plus diverses. Créoles, Amérindiens, Hindous, Hmong, Bushinengues, Djukas, Alukus, Brésiliens, Haïtiens, Européens cohabitent. La ville a gardé ses demeures coloniales entourées de murets de briques ajourées. Son ancien hôpital reste un remarquable vestige de son lointain passé. De nombreuses traces du bagne sont encore visibles un peu partout ; par exemple le camp de la transportation en partie restauré, reste de nos jours la curiosité touristique. J'imagine que ce doit être un endroit sinistre et nous décidons d'y faire un tour pour nous en assurer.

En passant sous le portique de briques, durant un court instant, je me vois à la place de ces pauvres gens. Je me tiens un peu en retrait du groupe venu pour la visite, j'ai soudain envie de faire marche arrière. Je m'arme de courage et me décide à suivre le guide.

En premier lieu, nous découvrons un large espace planté de manguiers centenaires, ainsi que deux rangées de bâtiments dont une partie abrite une famille chargée du gardiennage.

Notre guide qui est une jeune créole nous fait d'abord visiter les bâtiments administratifs. Munie d'un important trousseau de clefs, elle ouvre une première grille, puis la porte qui donne sur la partie carcérale.

- A cette époque révolue, on allait au bagne pour avoir seulement volé un pain, nous explique-t-elle,

Nous pénétrons dans l'insoutenable, une immense cour rectangulaire entourée de longs bâtiments noircis par le temps. Sur toute sa longueur, nous découvrons des cellules basses. Au milieu de l'esplanade, une dalle ronde de bêton marque l'endroit où s'érigeait la guillotine. Les bagnards étaient rassemblés à chaque exécution pour que cela serve d'exemple, si toutefois l'un d'eux avait l'intention de vouloir fuir. Sur le même emplacement, des scènes de flagellations avaient lieu, elles étaient infligées aux forçats pour mauvaise conduite. Les matons étaient recrutés parmi la population carcérale, ils prenaient cette charge tellement à cœur qu'ils éprouvaient semble-t-il du plaisir à infliger les coups à leurs semblables. Attachés au poteau, les malheureux subissaient l'humiliation en plus de la douleur qu'ils éprouvaient. Le nombre de coups de fouet était attribué par décret de l'administration pénitentiaire de Paris, suivant la faute commise. Nous explique le guide.

Nous pénétrons dans une longue cellule dont les fenêtres ne laissent voir qu'un intérieur sombre. Je suis glacée des pieds à la tête. C'est l'antre de l'horreur ! Je distingue une longue assise de ciment où les hommes par vingtaine couchaient côte à côte.

Sur une étroite dalle en béton, ils avaient tout juste assez de place pour se retourner. Des cellules plus petites réservées aux fortes têtes ne mesurent que deux mètres sur un mètre quatre-vingt. Elles sont munies de barres de fer appelées barres de justice entravant les chevilles avec une manille. Le bas-fond incliné empêchait le bagnard de se reposer et faisait porter le poids de son corps sur l'entrave qui causait de graves blessures aux chevilles.

Les cellules cimentées, étaient insalubres, infestées de puces, de cafards, de poux et de punaises, continue à nous expliquer le guide. A toute cette vermine venait s'ajouter la chaleur des tôles et la puanteur des lieux qui les empêchaient de dormir. Les cabinets d'aisance comme cela se faisait à l'époque étaient des tinettes, et s'ouvraient dans une salle commune où un baquet d'eau servait à se torcher proprement. Chacun y plongeait sa boite de conserve récupérée dans les poubelles, pour faire sa toilette intime. Ce même baquet était aussi réservé à l'eau potable où chacun y plongeait son car pour boire. Ce qui faisait de cette réserve un vrai bouillon de culture. De plus, le sol cimenté des cellules n'était nettoyé à grande eau qu'à la saison des pluies. Dans un coin, un petit réduit entouré d'un drap servait de chambre d'amour pour ceux qui avaient quelques penchants à se satisfaire entre détenus. Des graffitis et des bâtonnés incrustés sur les murs, servaient à compter les semaines et les jours de détention. Nous avons eu là une idée de l'état physique et moral dans lequel vivaient tous ces bagnards.

La visite presque achevée, certains touristes peu respectueux de la mémoire de ceux qui avaient souffert dans ce lieu, se sont fait photographier dans les cellules avec les entraves aux pieds, en souvenir de leur visite au bagne. J'ai trouvé cela scandaleux ! Mais que dire de la bêtise humaine.

Actuellement plusieurs camps de détention sont encore visibles mais il n'en reste que des ruines. Ceux des Annamites et des Malgaches se trouvent à Cabassou près de Saint Laurent. Les forçats y étaient affectés pour la construction des routes et des canaux et l'assainissement des marais. Ils travaillaient torse nu à cause de la chaleur et subissaient les assauts des moustiques. Un grand nombre d'entre eux mourut du paludisme, ou de la malaria. Dans le camp Forestier et Guatemala, la main d'œuvre carcérale était employée à l'élevage des animaux. Les impotents, les incurables et les personnes trop âgées étaient envoyés au camp des Hattes. Il se trouve à la pointe de l'embouchure de Saint Laurent du Maroni, où étaient élevés des petits troupeaux de bovins appelés Hattes.

Vu la position géographique de la Guyane il était impossible aux condamnés de pouvoir s'évader par la mer infestée de requins. Par la forêt ils n'avaient aucune possibilité de s'en sortir seul. Dans les îles du salut, à l'île du Diable précisément, les détenus politiques dont Albert Dreyfus et Guillaume Seznec, bien connus des médias ont été retenus prisonniers. Sur l'île Royale se trouvaient ceux qui devaient purger de lourdes peines par leurs fautes commises. A l'île Saint Joseph appelée île du silence, les condamnés n'avaient pas le droit de parler. Nombreux ont été les lieux d'incarcération en Guyane. Hélas, il me serait impossible les énumérer.

J'ai visité l'île Saint Joseph, le seul moyen pour s'y rendre est de prendre la navette maritime qui la relie à Kourou. Le bateau assure le transport des touristes surtout le week-end. On accède à l'île par un ponton fait de planches, puis il faut prendre un long chemin pavé par les bagnards, pour arriver au camp de détention. La partie qui donne sur la mer est bordée de cocotiers, de l'autre des fleurs tropicales, hibiscus, reines de Siam et roses de porcelaine se fondent dans une végétation luxuriante. Les lieux sont occupés par une colonie d'agoutis qui ne semblent pas être dérangés par les visiteurs. Au premier abord, j'ai eu du mal à imaginer que cette île était un enfer pour ses anciens occupants. En allant plus avant, j'ai découvert des bâtiments délabrés, les arbres avaient envahi la plupart des cellules, leurs racines s'étaient infiltrées comme des tentacules au travers des murs elles rampent toujours dans les couloirs, comme si elles veulent tout faire disparaître.

Quelques cachots qui ne possédaient qu'une porte pour toute ouverture, maintenaient les prisonniers dans l'obscurité totale. J'ai découvert avec stupéfaction qu'une rangée de cellules enclavées entre deux talus, ressemblait à des cages pour enfermer les fauves. Avec la seule différence que les barreaux ne se trouvaient pas autour, mais au-dessus des cages. Ce semblant de plafond fait de barres de fer disposées en treillage, permettait aux porte-clefs de circuler au-dessus, lorsqu'ils faisaient leur ronde. De cette façon ils pouvaient se rendre compte de ce qui se passait à l'intérieur. Les fortes têtes enfermées dans ces cages subissaient les intempéries et les assauts des moustiques. Dans les autres cellules, dès la fermeture des grilles les occupants étaient livrés à eux-mêmes. C'est dans l'ombre que se déroulaient les règlements de compte. Les plus anciens faisaient la loi et les assassinats par strangulation n'étaient pas rares. La mort d'un détenu ne posait pas de problème à la société. Ce camp cellulaire appelé la guillotine sèche, servait aussi d'asile de fous.

J'imagine que dans ce lieu, de nombreux détenus ont dû perdre la raison à cause des mauvais traitements qu'ils subissaient. C'est devenu un camp fantôme, dans ses murs plane encore une douleur perceptible qui m'a glacé le corps. Il est impossible de visiter ce camp sans éprouver une profonde amertume. Ici, les lourdes punitions et les maladies en ont emporté plus d'un. La souffrance a été si insupportable qu'elle imprégnera encore et toujours les murs de ce site.

Un peu en contre bas du promontoire, on aperçoit les maisons où ont vécu les gardiens, ainsi qu'un petit cimetière où ils ont été enterrés avec leur famille. Par contre lorsqu'un détenu décédait, on faisait sonner la cloche, sous les ordres de l'administration pénitentiaire. La dépouille dans sa tenue rayée rouge et noire lestée d'un boulet, était jetée à la mer comme un vulgaire paquet. Le tintement de la cloche et l'odeur du cadavre attiraient de nombreux requins autour de l'île, ce qui empêchait toutes tentatives d'évasion.

L'endroit, tout en restant une curiosité sur le système disciplinaire d'un temps révolu, reste un lieu de villégiature. Il n'est pas rare de voir débarquer ici des jeunes gens avec leur sac à dos. Ils passent la nuit à la belle étoile, tout en profitant d'un week-end entre copains. Les plus hardis en quête de sensations fortes installent leur hamac dans ce qui reste des cellules. Un hôtel est installé sur les hauteurs de l'île Saint Joseph. Ceci permet aux plus âgés de profiter du confort et de la gastronomie Guyanaise, dans le calme qui règne sur ce lieu. D'un magnifique point de vue qui s'ouvre sur la mer, il est possible d'apercevoir la côte par beau temps. L'île du diable toute proche couverte de cocotiers est ceinturée de roches noires battues par les vagues. Son accès est interdit au public. L'île Royale est attachée au centre spatial Guyanais en collaboration avec la gendarmerie.

Au cours de mes visites à travers le pays, j'ai pu me faire une idée de ce qu'était vraiment une prison. Le bagne reste un endroit épouvantable qui ne peut laisser personne dans l'indifférence.

Je me souviens lorsque j'étais enfant à Madagascar, j'entendais souvent parler du bagne par ma grand-mère. Elle nous racontait le soir venu, des histoires de bagnards qui finissaient en cauchemar et qui nous terrorisaient. A notre âge, ce qui se passait là-bas, à l'autre bout du monde ne pouvait être vrai, mais nous voulions toujours en savoir plus. Pour nous, ce n'était qu'une histoire comme celle de barbe bleue pour faire peur aux enfants. Parfois, lorsque le facteur était passé et qu'il n'y avait rien dans la boite à lettres, j'entendais grand- mère employer cette expression.

- Elle disait : Le courrier de Cayenne n'est pas encore arrivé les enfants.

Elle n'écrivait jamais, et nous n'attendions pas de courrier. C'était seulement une expression. J'ignore pourquoi cette phrase m'est restée en tête ! Qui aurait pu deviner que quarante ans plus tard je viendrais visiter le bagne ?

Il serait facile de jouer à l'autruche en niant le fait, que tout cela n'a pas existé. Je pense qu'il faut en parler, pour que cela ne se reproduise plus, en mémoire de ceux qui ont vécu dans ces camps de détention. Les histoires de grand-mère étaient criantes de vérité.

LA PONTE DES TORTUES LUTHS

En Guyane parmi les curiosités, il ne faut pas manquer la ponte des tortues-luths, qui a lieu entre les mois de mars à juillet sur la plage des Hattes à Wala-yalimapo.

Avec des amis venus passer quelques jours de vacances, nous sommes allés à Mana chez les religieuses qui à l'occasion hébergent les touristes qui désirent assister à la ponte des tortues. Nous avons logé dans un ancien dortoir de la congrégation. Les chambres donnaient sur un long couloir, au bout d'un escalier rustique dont les marches grinçantes, étaient usées par les nombreux passages. Le mobilier était restreint, une table de chevet et des lits picots comme dans les casernes, cela nous a rappelé le bon vieux temps des colonies. Pour tout confort, nous avions une salle d'eau commune, quelques douches en rang d'oignons, au centre de la pièce une fontaine entourée de lavabos en émail pour la toilette. C'était largement suffisant pour passer un week-end. Que demandait le peuple ! Les souvenirs de pensionnat remontèrent vite à la surface. Chacun raconta un épisode de ce qu'il avait vécu lorsqu'il était pensionnaire Ce come-back sur le passé dans une ambiance joyeuse, déclencha les fous rires. Après notre installation au dortoir, nous avons soupé au bord de la Mana dans un restaurant tenu par un couple Guyanais. Le menu proposait les spécialités du terroir, colombo de porc, fricassée de singe et de chauve-souris. Je voyais mal ces deux bestioles dans mon assiette, car depuis mon enfance, j'avais une peur viscérale des chauves-souris, en manger m'aurait fait faire d'horribles cauchemars. Non merci !

Au beau milieu du souper, la servante vint placer dans la salle à manger, des bassines en métal qui contenaient de la bourre de coco.

- Qu'allez-vous faire de cet attirail mademoiselle, ai-je demandé ?

- C'est à cause des moustiques, dans un instant ce sera l'heure de la volée, vous verrez !

En effet, elle n'a pas eu le temps de terminer sa phrase, qu'une nuée est entrée dans le restaurant. La servante a mis le feu à la bourre de coco, qui enfuma toute la pièce, nous avons terminé notre repas dans un épais nuage, qui provoqua quelques quintes de toux, c'est à peine si chacun voyait son assiette. Malgré les précautions prises pour le bien-être des clients, les petites bêtes s'en donnaient à cœur joie, nous prenant pour cible, et n'ont raté personne. Le repas terminé, armés de nos lampes de poche, nous nous sommes mis en route pour la plage. Après un quart d'heure de route, nous avons laissé notre véhicule non loin des dunes, pour prendre le sentier qui menait à la plage, il nous a fallu marcher dans le sable pour atteindre le rivage. Le sable était chaud sous le ciel étoilé l'air était humide. Seul le bruit des vagues vint rompre le silence. Nous étions impatients d'assister au spectacle. Les tortues fidèles au rendez-vous sont venues pondre deux heures avant la marée haute. Elles arrivaient par petits groupes, telles des chars de combat, pour envahir la plage. Ces énormes masses pesaient entre cinq à huit cent kilos. Péniblement elles traînaient leur énorme carapace bleutée tachetée de blanc et montaient à l'assaut des dunes, pour déposer leurs œufs loin du sable mouillé.

Lorsqu'elles ont atteint leur but, elles commencèrent à creuser un trou assez profond en balayant le sable. Elles se mirent à pondre environ cinquante à soixante-dix œufs. La période d'incubation devait durer soixante-dix jours, avant de donner naissance aux petites tortues. Durant la ponte, la tortue faisant des efforts pousse des souffles répétés pour évacuer ses œufs. On raconte que les tortues pleurent. En fait les larmes qui coulent protègent ses yeux du sable que soulève le vent. Après la ponte, elle rebouche le trou avec ses pattes de devant. Elle envoie le sable vers l'arrière, puis elle pivote dessus pour effacer ses traces et repart à la mer portée par la marée.

Seuls les Amérindiens du village d'Awala yalimapo ont le droit de prélever quelques œufs pour leur consommation personnelle. Toute autre personne prise en flagrant délit de cueillette est passible d'une amende

Lors de l'éclosion les petits grattent le sable pour remonter à la surface. Instinctivement ils courent vers la mer. Il est recommandé de ne pas les aider, car ils seraient désorientés. Pour leur survie les tortues naissantes doivent rapidement atteindre l'eau. Elles sont à la merci des oiseaux et des chiens errants. Lorsqu'elles arrivent à la mer, elles sont la proie des crabes et des pieuvres. Ces animaux protégés qui auront échappé aux prédateurs reviendront pondre sur cette même plage à l'âge adulte.

Des panneaux mettent en garde les visiteurs. Ils doivent se tenir à distance lorsqu'elles sortent de l'eau. Là encore, j'ai vu des personnes enfreindre la loi, s'asseoir sur les tortues pour prendre des photos. Les pauvres bêtes déjà épuisées par les efforts qu'elles devaient fournir pour atteindre le rivage, étaient freinées dans leur élan par de sinistres imbéciles qui étaient fiers de s'exhiber sur leur dos.

134

LE BAC DE MANA

Après l'observation des tortues nous avons attendu le bac, afin d'atteindre Kourou. D'ordinaire il effectuait le transbordement au débarcadère à dix-sept heures. Nous avons profité des derniers instants sur la rive. La nature était belle, les berges couvertes de roseaux, abritaient des canards domestiques barbotant et cancanant joyeusement. Le soleil descendit lentement sur la forêt, les nuages s'empourpraient à l'horizon, l'heure était à la rêverie. Notre passeur tardait à venir, le ciel s'assombrit, les oiseaux commençaient à tournoyer sur l'eau, en quête d'insectes. Soudain ce fut la volée, les moustiques sortirent par nuées des roseaux et envahirent l'espace. Nous fumes attaqués de toute part, il fallut se protéger mais trop tard ! Nous étions couverts de piqûres, impossible de les tuer tous. La solution fut de se mettre à l'abri dans la voiture pour limiter les dégâts. Nous avons fermé les portières et remonté les vitres encore trop tard ! Les moustiques sont rentrés dans l'habitacle en même temps que nous en continuant à nous prendre pour cibles. Au travers de la vitre, je voyais que la boutique du chinois était encore ouverte et qu'il y avait de la lumière. A tout hasard, je suis descendue de la voiture pour lui demander s'il vendait des produits anti-moustiques. Il m'accueillit avec un sourire heureux me disant :

- Quand il y a beaucoup moustiques, c'est bon pour le commerce, hi, hi, hi !

J'ai acheté une bombe d'insecticide retournant à la voiture en brandissant ma trouvaille. Une seconde fois l'ouverture de la portière à fait entrer une escadrille. Cette fois j'avais l'arme fatale pour l'exterminer. Un petit coup de pschitt et le tour fut joué. Eh bien non ! Avec les vitres fermées, la chaleur ambiante et l'odeur du produit, nous avons jailli du véhicule et perdu la bataille. J'ai usé le contenu de la bombe tout autour de nous sans résultat. De guerre lasse il ne nous restait plus qu'à nous gratter énergiquement. Quand le bac est arrivé, nous étions couverts de piqûres, ainsi s'est terminé notre week-end, un peu cuisant tout de même !

TRIBUNAL DE CAYENNE

    Premier octobre 1977, je reçois une convocation du tribunal de Cayenne. Me voilà aux assises pour faire partie des jurés. Pourquoi moi ? J'étais bien tranquille chez moi, cependant le sort m'a désignée et je ne peux refuser cet ordre impératif. En tant qu'honnête citoyenne je dois obéir même si mon premier réflexe était de prier le ciel afin d'être récusée à chaque tirage au sort. Il y a trois affaires à juger. Je me disais, je ne voudrai pas que quelqu'un aille en prison par ma faute. Si ma voix pèse dans la balance pour faire condamner un innocent je n'en dormirai plus de la nuit. Ma vie est devenue un vrai cauchemar, pendant toute cette période où j'ai dû me rendre au tribunal. Je faisais la route avec un autre juré qui venait me prendre pour aller à la cour de justice. Ce monsieur était aussi mal à son aise que moi. Nous tenions les mêmes propos et avions les mêmes hésitations. Cet homme était athée et disait être choqué par le crucifix trônant au milieu du tribunal.

- Cette croix n'est pas à sa place disait-il, ce n'est pas une référence pour la justice. Ce crucifié a été condamné à tort par la justice des hommes. Si l'on doit prendre la croix pour exemple, les innocents qui viennent demander justice finiront tous au pilori.

- Cela ne m'était pas venu à l'idée, mais en y réfléchissant j'en conclus que vous avez raison et ceci m'inquiète davantage.

Les jurés comme moi qui venaient pour la première fois, se montraient tendus et angoissés. Selon le tirage au sort, les récusés poussaient un grand soupir de soulagement et s'en retournaient chez eux en attendant la convocation pour le procès suivant. Dur, dur de remplir son devoir de citoyen ! Pour ma part, je suis passée à travers mailles à deux reprises. En ce qui concerne le second procès, je fus une fois de plus récusée, connaissant les parents d'un des trois accusés. J'ai donc assisté au déroulement du procès en tant que spectatrice. Leur fils après une beuverie entre copains, a participé à un viol collectif. La plaignante, une jeune fille toute timide, entourée de ses parents, se tenait sur le banc des plaignants, la tête penchée en avant, les mains croisées sur un ventre arrondi. La mère du jeune Amérindien, était toute pâle fixant le plafond, perdue dans ses pensées. Les prévenus arrivèrent, menottés suivis d'un officier de police. Toujours la même phrase de routine :

Accusé levez-vous, déclinez votre identité, levez la main droite et dites : Je le jure.

Après cette entrée en matière, commença l'interrogatoire :

- Où étiez-vous à telle heure ?

Les questions étaient nombreuses. Puis ce fut le tour, des deux autres prévenus. Chacun ayant une version différente des faits qui leur sont reprochés. Mais chose certaine, tous avaient bu outre-mesure. Ils sont allés à la plage dans l'idée de prendre un bain de mer pour finir la soirée. C'est là qu'ils ont croisé la plaignante qui longeait le bord de mer pour regagner son domicile. Ils lui ont adressé la parole, puis ont insisté pour qu'elle se baigne en leur compagnie. Comme elle refusait de les suivre, ils ont insisté en la chahutant. Ils la poussaient dans les bras de l'un et de l'autre, pour finalement la faire tomber, puis la plaquer au sol. Ils l'ont violée chacun à son tour. Ses hurlements n'ont alerté personne. Les trois fêtards imbibés d'alcool, se sont séparés et sont rentrés chez eux. La pauvre fille choquée a regagné son domicile. Ses parents l'ont conduite à l'hôpital. Au troisième procès, le tirage au sort m'a désigné comme juré suppléante. Je devais rester à l'écart et attendre, confinée dans une pièce. Mise en réserve, au cas où il y aurait un membre défaillant parmi les jurés. De cet épisode, j'ai acquis quelques notions du code pénal, me désolant pour les cas incurables, me réjouissant pour ceux qui étaient acquittés. Ce fut pour moi une expérience de plus, elle m'a permis de sortir de ma bulle, pour voir le monde sous un autre angle.

QUELQUES JOURS DE VACANCES

Nous sommes le 1er mai 1998, mon époux me propose de passer quelques jours de vacances à l'île Maurice. C'est court, mais je n'hésite pas une seconde à dire oui. Les valises bouclées, nous nous rendons à l'aéroport de Rochambeau. Après huit heures d'avion, nous atterrissons à Roissy Charles de Gaulle. Une nappe de brouillard recouvre la piste, la température plutôt fraîche nous incite à enfiler un pull. Triste temps pour commencer les vacances. Demain nous reprendrons un autre avion en direction de l'Océan Indien, où le soleil sera très certainement au rendez-vous.

Nous passons la soirée à Montfermeil chez un cousin. Le lendemain nous nous rendons à l'aéroport, pour prendre notre avion pour l'île Maurice. Le décollage est prévu pour dix-huit heures. Sur les panneaux d'affichage notre vol est introuvable. Puis Il s'affiche vol annulé. On nous signale que l'avion est en panne. Les passagers montrent des signes de mécontentement, ils s'en prennent à l'hôtesse qui n'y est pour rien, le ton monte, des insultes fusent, le guichet des réclamations est pris d'assaut. Bref ! C'est la routine, le personnel semble habitué à ce genre de situation. Claude-Henri m'accompagne calmement vers un autre guichet pour voir s'il est possible de changer de compagnie, au lieu d'attendre un jour de plus. L'hôtesse nous propose un vol sur l'Angleterre via Maurice. Mon époux lui dit :

- Est-ce que sur ce vol les plateaux repas sont du style British ? Si oui, je préfère attendre demain, je n'aime pas leur cuisine.

- Attendez, j'ai peut-être autre chose ! Est-ce qu'un vol sur Air Mauritus vous convient ? Le départ est prévu à vingt-deux heures.

- C'est parfait.

L'heure tourne, les cousins prennent congé afin de regagner leur domicile. Nous prenons un rafraîchissement, tout semble se dérouler normalement, nous avons hâte d'embarquer. Pour mettre un peu plus de piment à notre attente, le second avion tombe en panne. Cette fois c'est un problème hydraulique. Encore deux heures d'attente.

Finalement le départ est donné, nous sommes priés de nous rendre en salle d'embarquement. Un air bus flambant neuf nous attend sur la piste. En Guyane nous avons acheté une canne en bois d'amourette pour l'offrir à l'oncle de Claude-Henri, pour son anniversaire. Celle-ci représente un serpent s'enroulant jusqu'au pommeau. En montant à bord nous la confions à l'hôtesse, en lui recommandant d'en prendre grand soin. Ce bois est fragile s'il tombe il se casse comme du verre. Le voyage se déroule calmement, pas trop de turbulences au moment des repas, généralement, c'est à cet instant, que l'avion remue le plus. C'est là que mon voisin prend ses aises pour déjeuner et renverse son verre sur mes chaussures. Il écarte ses coudes m'empêchant de prendre ma fourchette. Son enfant veut aller aux toilettes et dérange toute la travée, escaladant les uns et les autres pour pouvoir sortir de son siège. Les plus fourbes lui font un sourire, les râleurs lui disent : tu aurais pu y aller avant ! Ce sont les imprévus qui font les souvenirs des voyages. Nous arrivons enfin à l'île Maurice notre avion atterrit à l'aéroport international de Sir Seegwoosagur Ramgoolam. Nous récupérons la canne que nous avons confiée à l'hôtesse, puis nos valises arrivent sur le tapis roulant. Catastrophe ! Le serpent de bois nous glisse des mains, tombe sur le carrelage et se brise en deux. Que de précautions prises pour en arriver là ! Je pense que l'oncle de mon époux se contentera de notre sourire, le cœur y était pourtant !

Nous avions réservé un appartement en passant par le syndicat d'initiative de Flic en flac. Mais un employé a détourné notre courrier au profit d'un de ses amis qui louait sa villa.

Le propriétaire vient nous chercher à l'aéroport, charmant et empressé, ne sachant que faire pour nous être agréable. Il est vrai qu'à l'île Maurice, tout est mis en œuvre pour attirer les touristes. Notre hôte nous explique, qu'il a fait construire la villa pour le mariage de sa fille qui aura lieu dans quinze jours. Je pense qu'il voulait se faire un peu d'argent pour payer la noce de son unique fille. La maison de style moderne est tout simplement splendide avec ses volets roses, une pelouse à l'Anglaise, un jardin arboré. Nous sommes ravis ! De plus, l'emplacement est à deux pas de la plage, ce qui n'est pas négligeable. Le propriétaire propose de nous servir de guide au besoin, pour visiter la ville. Après la remise des clefs, nous prenons possession des lieux. Les chambres sont immenses, à vue d'œil tout est parfait. Au moment de faire le lit surprise ! Les draps ne sont pas à sa mesure. C'était trop beau, il fallait que quelque chose cloche ! Dans la cuisine équipée il manque le frigidaire, pas de fer à repasser, pas de séchoir à linge. Nous tendons un fil entre deux arbres, et achetons des pinces à linge et des torchons pour essuyer la vaisselle. Nous nous sommes réjouis trop vite. Quand je veux passer le balai, celui-ci n'a pas de manche. C'est un balai comme on en trouve en Afrique, fait de fibres végétales qui soulèvent la poussière. Tout est dans l'art de courber le dos. Après la première séance de balayage, je ne peux plus me redresser.

Nous prenons notre premier repas, dans un restaurant en bord de mer, superbe bâtisse éclatante de blancheur, six marches, dans le style des palaces. Un serveur, vêtu comme un maitre d'hôtel, nœud papillon et gants blancs, nous attend sur le perron. Il tient dans ses mains un présentoir noir qui renferme probablement la liste des plats proposés, ainsi que le menu du jour. Tout souriant, il nous accueille avec des mots de bienvenue, tout en nous accompagnant à une table. Le faste extérieur, ne cadre plus avec l'intérieur. La salle est peu éclairée, les tables et le couvert, sont tout ce qu'il y avait de plus ordinaire. Le repas commandé, le serveur nous tient la conversation planté comme un piquet. Pratiquement tout le long du repas, Il ne nous laisse pas cinq minutes de répit entre deux bouchées. Il pose sans arrêt des questions, un vrai pot de colle ! A la fin du repas, puisque nous venons de loin, il nous propose de signer le livre d'or, pour la réputation du restaurant. Il se dirige droit vers la cuisine et revient avec un cahier d'écolier graisseux, tâché de sauce tomate auquel il manque des pages. Présenté religieusement sur un plateau, il nous tend un stylo. Je vous laisse imaginer le tableau !

- Nous avons le chic de tomber dans des situations invraisemblables, dis-je à mon mari, lorsque le serveur nous tourne le dos.

L'ILE AUX CERFS

Au moment où nous quittons le restaurant, le serveur revient sur ses pas pour nous conseiller d'aller visiter l'île aux cerfs.

- Un taxi peut vous y conduire, c'est un endroit qui plait beaucoup, vous ne regretterez pas la promenade, dit-il.

Deux jours plus tard, nous demandons un taxi pour nous rendre à la foire des quatre bornes. C'est un immense marché qui se déroule une fois par semaine, où on trouve de tout, en particulier de magnifiques saris. Sur tous les étalages, il n'y a que l'embarras du choix. Les saris sont de toute beauté, à me faire faire des folies. Une vendeuse m'enseigne les différentes façons de draper le tissu. Bien entendu, je ne quitte pas le magasin les mains vides, je me suis fait plaisir. Nous avons passé deux bonnes heures à chiner dans tous les coins de cet immense marché, avant de rejoindre notre taxi pour l'île aux cerfs.

A Maurice, les chauffeurs de taxi, qui travaillent pour les hôtels et les particuliers, reçoivent une formation afin de pouvoir instruire leurs passagers sur le pays et les guider dans leur choix de promenade. Tout au long de notre parcours, les explications sont nombreuses. Les champs de canne à sucre sont à perte de vue et rendent le pays verdoyant. Cependant une chose m'intrigue, pourquoi ces camions de l'armée sont-ils garés le long des champs de cannes et ces gens armés, en alerte ?

- S'il vous plait monsieur, dis-je au chauffeur. Des manœuvres ont-elles lieu en ce moment dans le pays ?

- Pas du tout madame ! les prisonniers travaillent dans les champs, les camions les déposent et les ramènent à la prison le soir. Les gardes en armes sont leurs surveillants.

- Les champs sont vastes, ne peuvent-ils pas s'échapper ?

- Je ne le pense pas car ils seraient vite abattus.

J'ai eu là, un aperçu très net du système législatif local. Les habitants de cette île sont loin de nos pratiques françaises. Cela a quelque peu refroidi mon enthousiasme.

La route est longue pour se rendre à l'île aux cerfs. Sur notre passage, des petits temples Indous, aux couleurs vives, jaune, orange et rouge sont cachés sous les arbres et parfois au bord de l'eau. Des jeunes femmes remplissent leurs cruches dans une rivière tout en bavardant, ajoutant au paysage, une note charmante. D'autres magnifiques jeunes filles au port de tête altier, déambulent sur la route, d'un pas agile sous le soleil de plomb, elles ne semblent pas craindre la chaleur. Le chauffeur fait sonner son avertisseur car elles occupent le passage. Elles le toisent, comme d'insolentes odalisques et s'échappent dans tous les sens en riant. Par endroits, entre les touches de verdure, flamboyants et bougainvilliers déploient leurs robes colorées. Pourpre, mauve, orange les manteaux de fleurs affichent leurs teintes provocantes sous le ciel d'azur, rivalisant avec les vagues d'émeraude de l'océan Indien. Le paysage est magnifique, boisé par endroits, parfois montagneux et bien souvent recouvert d'une cape ondoyante de canne à sucre. Notre chauffeur attire notre attention sur une montagne qui se profile au loin.

- Regardez cette montagne c'est Pieter BOTH, elle est exceptionnelle par son sommet en forme de tête humaine. Il existe à Maurice huit montagnes dont les sommets sont peu élevés, mais cependant très pittoresques. Le morne Brabant est classé au patrimoine mondial de L'UNESCO pour son point de vue panoramique. Ses roches arides s'offrent aux randonneurs et surplombent une magnifique plage de sable blanc. La montagne des Signaux n'est pas visible d'ici, elle cachait nos ancêtres, les esclaves marron. Pour échapper à leurs maîtres, ils se faufilaient à travers les passes pour rejoindre Port Louis notre capitale, et atteindre Moka, un petit village qui se trouve au centre de l'île, aux environs de Curepipe.

Tout au long du trajet, notre chauffeur, tel un véritable guide touristique, est intarissable.

- Nous voilà arrivés, dit-il.

Il nous arrête au bord de la route près du débarcadère à Trou d'Eau Douce. Au moment de quitter notre taxi, il nous dit :

- Profitez de votre journée, je vous attendrai ici.

- C'est aimable à vous, mais nous prendrons un autre taxi pour le retour, vous n'allez pas passer la journée à patienter!

- Ne vous inquiétez pas, nous avons l'habitude, nous nous retrouvons entre chauffeurs, et pique-niquons sous les arbres au bord de l'eau. C'est pour nous l'occasion de prendre un peu de repos. Le prix de l'aller-retour ne changera pas pour vous. Nous reprenons toujours nos clients en fin d'après-midi. Passez une bonne journée !

Une barque qui fait la navette entre le débarcadère et l'île voisine, vient d'arriver pour nous conduire sur l'autre rive. Le trajet ne dure que quinze minutes. Nous voilà lancés pour une journée découverte. Nous passons sous un pont, qui relie deux petits îlots verdoyants. Quelques luxueux hôtels surplombent les plages. Des rangées de transats installés sur le sable chaud attendent les clients au bord d'une eau transparente et fraîche. L'île aux Cerfs est bordée de sable blanc, cernée par la mer turquoise, d'une époustouflante beauté. Palmiers, filaos, plantes tropicales font de cet endroit un petit joyau qui n'a rien à envier à la Polynésie. Je retrouve des senteurs lointaines de fleurs et d'épices qui sont stockées dans ma mémoire, elles se mêlent aux embruns iodés de l'océan Indien. Sitôt débarqués, extasiée par la beauté du site, je n'hésite pas une seconde à plonger dans cette mer bleue qui me rappelle tant de souvenirs. Je regrette cependant que ce lieu soit envahi par de nombreux touristes. J'avais espéré plus d'intimité. Nous voilà plongés dans un bain de foule. Après la baignade nous faisons un petit tour. Nous suivons un chemin fléché qui nous conduit vers des kiosques installés sur le parcours. Les visiteurs prennent des rafraîchissements et font provision de souvenirs. La chaleur sur l'île est intense. Je constate que le côté commercial très organisé est un piège pour les vacanciers. La journée se termine, nous avons surtout fait le plein d'iode et de soleil, il nous faut regagner le débarcadère. Les taxis alignés récupèrent leurs passagers respectifs. Nous reprenons la route vers Flic en Flac. Phébus a eu raison de notre peau, nous sommes cuits à point. Vu l'heure tardive, il nous faudra attendre demain pour acheter une crème apaisante et soigner nos coups de soleil.

Aujourd'hui nous prenons le bus pour nous rendre à Port Louis. C'est en nous mêlant à la population locale que nous apprécierons mieux la visite de la capitale. Nous découvrirons les coins cachés que l'on ne montre jamais aux touristes. La route est sinueuse, les côtes et les descentes ne manquent pas. Lorsque les pentes sont longues, le chauffeur coupe le contact est descend au frein moteur pour économiser le carburant. J'ai vu faire cela à Madagascar. Arrivés au terminus, nous tombons au milieu d'une foule bruyante, dans un va et vient de piétons et de voitures. Il y a une telle bousculade que je manque de me faire écraser par un bus en descendant du trottoir. Je n'avais jamais vu autant d'animation ! A deux pas de l'arrêt du bus s'étend un énorme marché aux légumes. Des montagnes de piments rouges et verts attirent une foule bigarrée. L'air envahi par des effluves douceâtres de fleurs et l'odeur des épices, se mêle aux vapeurs âcres distribuées par les pots d'échappement. Toute cette effervescence me donne le vertige ! J'aspire à retrouver un peu de calme. En faisant du lèche vitrine, nous tombons sur une agence de voyage qui propose des excursions tous azimuts dans l'Océan Indien.

- Allons à l'intérieur nous renseigner ma chérie. Regarde, Madagascar n'est pas si loin, un saut de puce et l'on y sera !

- Je sais, cela fait plusieurs années que nous avons quitté le pays. Ce ne serait pas raisonnable d'y aller maintenant, il faudra réfléchir avant de nous aventurer dans un autre voyage.

- Ça ne coûte rien à partir d'ici, entrons quand même pour voir, insiste mon mari.

La tentation est grande, je sais déjà comment cela va se terminer. Après avoir pris tous les renseignements, nous repartons avec les prospectus en poche. Nous allons au Caudan Waterfront, la marina est le point touristique majeur de la ville de Port Louis. Il y a près du quai une immense galerie marchande. Puisque nous y sommes, nous faisons par curiosité un petit tour avant de déjeuner.

Le temps est magnifique, le centre commercial très moderne est immense, nous faisons le tour des boutiques. Toujours attirée par les vitrines où sont exposés les saris, j'entre dans le magasin pour les voir de plus près. Je dois reconnaître que j'exagère, j'ai déjà une petite collection qui n'est pas négligeable, mais je craque toujours devant la beauté des tissus. Mes achats terminés, nous allons enfin déjeuner. Nous choisissons un restaurant bien exposé sur le front de mer, les tables sont installées à l'extérieur sous les parasols blancs. Nous profitons de la vue sur le port et les promeneurs. De jeunes Indiennes passent en riant devant notre table, elles sont belles et élancées, nous les suivons un moment du regard, jusqu'à ce qu'elles disparaissent dans la foule. Un serveur vient nous présenter le menu du jour et prendre notre commande. Tout semble bien appétissant. Je m'inquiète de savoir si les plats ne sont pas trop épicés. Je sais qu'ici les cuisiniers ont tendance à forcer la dose de piment. Mais aux dires du serveur les plats sont légèrement assaisonnés. Va, pour un curry d'agneau à l'Indienne, nous verrons bien ! La table est dressée avec beaucoup de goût. Sur la nappe blanche, un minuscule bouquet de fleurs de frangipanier odorant, donne une note de fraîcheur à l'ensemble du couvert. La promenade m'a donné faim, j'ai hâte de manger quelque chose. Le serveur revient avec du beurre, des olives et un assortiment de petits pains, pour nous faire patienter. Le curry d'agneau arrive enfin accompagné d'un riz safrané. La première bouchée est immangeable, j'ai l'impression d'avoir avalé des braises. Le cuisinier n'a pas eu la main morte pour doser le piment ! Le serveur appelle cela très peu épicé ! Je me demandais aussi pourquoi il y avait autant de piments sur le marché, que pouvaient-ils bien en faire ? A présent je le sais ! Ils en mettent dans tous leurs plats. Ils sont pires que les merles des Moluques, qui en font leur régal. Je demande à ce que l'on change mon plat, peine perdue, l'autre est aussi 'légèrement' pimenté. Je termine mon repas en grignotant de la mie de pain pour atténuer la brûlure en attendant le dessert.

De retour à Flic en Flac, l'idée de faire un tour à Madagascar nous trotte toujours dans la tête. Nous ressortons les prospectus pour en discuter sérieusement. Nous pesons le pour et le contre, chacun de nous y va de ses arguments. Je répète à

Claude-Henri que ce n'est pas raisonnable, car nous ne sommes à Maurice que depuis une semaine.

- Oui, mais vois-tu, c'est à côté. Nous n'y allons que pour une semaine, et nous finirons nos vacances à Maurice. C'est l'occasion ou jamais !

- Laisse-moi réfléchir encore. La nuit porte conseil, nous verrons cela demain. Je te donnerai ma réponse au petit déjeuner. Evidement la première question après un bon café est :

- Alors, qu'elle est ta réponse ?

- Tu as gagné, faisons-nous plaisir !

Sitôt dit, sitôt fait, nous retournons à l'agence de voyage pour acheter nos billets pour Madagascar.

ESCAPADE A NOSY BE

L'avion doit faire un stop à l'île de la Réunion, où nous devons changer de compagnie et attendre Air Austral qui dessert Madagascar. Il faut s'attendre à deux heures d'escale avant de repartir vers notre destination Nosy Bé. Le départ est donné, nous sommes priés de nous rendre à la porte d'embarquement. Dans la file d'attente, nous ne sommes que quelques Européens parmi de nombreux Malgaches qui rentrent chez eux. Nous échangeons quelques mots avec un vieux couple Merina des hauts plateaux, très étonnés de nous entendre parler leur dialecte. Après trente-cinq années d'absence, nous pouvons encore tenir une conversation en Malgache, sans trop massacrer les phrases. Nous prenons place à bord pour deux heures de vol. Le temps est beau, nous approchons de la côte. L'île se dessine au loin puis l'avion se pose sur la piste. Les passagers applaudissent le pilote comme de coutume dans les pays d'Afrique. Je jette un regard par le hublot, dehors une foule se tient derrière une simple palissade qui la sépare de l'avion. La passerelle est installée, nous pouvons fouler le sol Malgache, c'est pour moi un électrochoc émotionnel. Je retrouve les senteurs de mon enfance, l'odeur particulière de la terre après la pluie, des champs d'ilang ilang, celle de la fumée des brûlis. Nous devons à présent récupérer nos valises, nous présenter à la douane avec notre passeport. Après avoir salué le douanier, Claude mon époux, lui tend nos passeports. Celui-ci les prend à l'envers, sans même les lire, ni même répondre à notre bonjour il dit :

- Qu'avez-vous à offrir à votre douanier !

Claude-Henri piqué au vif, lui répond en Malgache,

- Regardez, je suis né à Tuléar, mon épouse à Tamatave. Retournez au moins les passeports, vous verrez que nous sommes des Zanatany ! Et vous me demandez en plus, qu'est-ce que vous avez à offrir à votre douanier ?

- Vous parlez le malgache ! Azafady (pardon) mais ici c'est le fomba (la coutume).

- Je connais le fomba, mais cherchez plutôt quelqu'un d'autre comme pigeon, mais pas moi !

- D'accord, vous pouvez passer. Mais vous savez votre douanier a soif !

Nous passons au second contrôle, derrière un sac de jute tendu en guise de scanner, cette fois, c'est la fouille des bagages.

- Encore la coutume, c'est le passe partout qui ouvre les portes si on veut éviter l'interminable fouille. Une croix à la craie sur la valise qu'on n'ouvre pas, ni vu, ni connu, circulez.

En langage courant cela veut dire "Corruption ".

Nous quittons l'aéroport à la recherche d'une voiture susceptible de nous conduire à destination. Dans l'alignement des taxis tous les pneus ont des hernies, les taxis sont vétustes. Le contrôle technique ne doit pas exister, vu l'état des véhicules. Un chauffeur nous propose d'aller à Helville, pour que nous puissions changer notre argent en francs malgache. Nous nous arrêtons en bordure du trottoir devant la banque. Sous le nez des policiers, les transactions illicites se font sous le manteau. Tout le monde sait que c'est illégal, mais le change se pratique dans la rue ou chez l'Indien du coin. Avec deux cents euros, nous devenons soudain millionnaires, il nous faut presque un panier pour loger tous les billets. Après le change, nous continuons notre route pour rejoindre Ambatoloaka, où nous espérons trouver de quoi nous loger.

Le col de chemise relevé, le coude appuyé sur la portière gauche en tenant son volant d'une main, le chauffeur propose de nous véhiculer durant le temps de nos vacances. La route est infecte et les nids de poules font légion. Nous traversons un pont Eiffel, vestige de la colonisation. Rouillé à souhait il aurait besoin d'un sérieux entretien et d'un bon coup de pinceau pour le rafraîchir. Sur le trajet, nous passons devant de nombreuses échoppes appelées pivarotana. Tomates, oranges et manioc sont disposés par petits tas, vendus sur des tables branlantes protégées par un encadrement de bois recouvert de feuilles de bananier. Plantés sous le soleil, on pourrait croire que les éventaires sont abandonnés. Les vendeurs sont absents. Non, rassurez-vous, ils font la sieste un peu plus loin dans leur case. Il suffit de les appeler pour qu'ils accourent.

Le chauffeur s'arrête un moment près d'un champ d'ilang ilang et va même me cueillir une fleur pour que je puisse respirer son parfum.

- Dans une semaine ce sera la récolte. La cueillette va nous donner du travail parce qu'ici il n'y a pas beaucoup d'usines, la vie est difficile à Madagascar.

AMBATOLOAKA

Nous reprenons notre route, pour arriver assez tôt à Ambatoloaka. Comme de coutume nous n'avons pas fait de réservation. Nous comptons toujours sur la providence, qui jamais ne nous a fait défaut. Après avoir passé un pont de bois, nous nous trouvons devant un établissement de briques, seule habitation solide depuis notre départ de l'aéroport. Il est d'apparence austère. Je demande au chauffeur :

- A qui appartient cette demeure dans ce coin perdu, il n'y a rien dans les environs !

- Vous vous trouvez devant le séminaire, le bâtiment appartient à l'évêché.

- Je comprends maintenant pourquoi il est si isolé, le lieu est propice à la méditation.

Quelques kilomètres plus loin nous arrivons à destination. Nous sommes surpris de voir qu'à l'entrée de ce pauvre village, trône un immense casino flambant neuf. C'est hallucinant !

- Où faut-il vous déposer monsieur, demande le chauffeur ?

- Au centre du village. Nous n'avons pas réservé, nous chercherons un hôtel.

- Dans cette rue près de la plage, vous trouverez peut-être quelque chose, mais en cette période, ce sera un peu difficile, hier, il y a eu deux charters pleins d'Italiens et d'Allemands.

- Merci, nous allons nous débrouiller.

Nous nous mettons en quête de trouver un abri pour la nuit. Je m'enfonce dans une impasse bordée de cases et de jardinets. Des femmes assises sur leur pas de porte, se font natter les cheveux. Elles m'adressent un bonjour et me demandent ce que je cherche.

- Je leur réponds : Mitade hôtély mora kely, (je cherche un hôtel pas cher.)

- Fa misy iray ato. (Il y en a un là.)

- Misaotra, (merci).

En effet tout au bout du chemin se trouve " Le Tropique " mon instinct me dit qu'il y a sûrement de la place. J'entre pour me renseigner. Bingo ! Un client vient de se désister. L'hôtelier prend nos valises et nous conduit dans un petit bungalow, avec vue sur la plage. Quand je dis petit, c'est petit ! Nous avons tout juste de quoi nous retourner dans la pièce, les toilettes et la douche large d'un mètre sur deux se font face dans la même pièce. Si bien que si, nous utilisons la salle de bain à deux, celui qui se trouve sur les toilettes peut se laver les pieds en même temps que celui qui prend sa douche. C'est presque une douche à l'Italienne sauf que le sol est plat et que l'eau s'accumule au lieu de s'évacuer, ce qui transforme la salle de bain en piscine. Vu que nous n'avons pas trouvé d'autre hôtel, Il faut s'en contenter. Après tout, c'est toujours mieux que de passer nos vacances à la belle étoile. Ce soir, nous profiterons au moins de la plage. Après une bonne nuit de sommeil, bercés par le roulement des vagues, le chant du coq nous tire du lit plus tôt que prévu. Nous allons marcher le long de la plage, attendant l'heure du petit déjeuner. Nous assistons au lever du soleil sur la mer, en compagnie d'une meute de chiens, squelettiques et estropiés qui sont venus nous tenir compagnie. La longue plage est déserte à cette heure matinale. Nous découvrons des hôtels et des buvettes installés le long de notre parcours. Le village est silencieux pour le moment. Les pirogues dansent sur l'eau, balancées par une brise légère. La plage s'anime peu à peu, les pêcheurs rassemblent leurs filets pour partir en mer. Les vacanciers installent leur serviette pour profiter du beau temps et de la baignade. Je fais remarquer à mon époux qu'il y a peu d'amateurs pour la bronzette alors que deux charters sont arrivés hier.

- Tu as raison me dit-il, où sont-ils passés ? Ils se reposent sans doute !

En fin d'après-midi, je vois une ribambelle d'adolescentes et de jeunes gamins revenir de l'école. Ils arpentent la plage jusqu'à la tombée du jour, chose inhabituelle chez les malgaches. Je me souviens que lorsque nous habitions Madagascar, les enfants ne traînaient pas dans la rue après le coucher du soleil. Le monde a bien changé depuis ! Je m'installe sur un transat pour observer ce va-et-vient. Quelques hommes d'un certain âge, crâne dégarni pour la plupart, traînant leur bedaine leur emboîtent le pas et se mêlent insidieusement à la jeunesse. Il est certain qu'une bonne partie d'entre eux, pourraient être leur grand-père. Rires et jeux douteux se s'enchaînent sur le sable, puis au creux des vagues. Les immondes prédateurs promènent leurs mains baladeuses sur le corps d'innocentes victimes. Elles se laissent faire parce qu'elles ont faim. Un frisson de dégoût m'envahit. Comment est-ce possible ! C'est un vrai gâchis ! J'en vomirais !

Ne serait-il pas plus honnête de leur donner à manger, au lieu de les attirer vers les bungalows ? Après avoir fait leur choix, ces vermines abuseront de leurs proies. Ces innommables touristes pensent qu'avec l'argent ils peuvent tout se permettre. Il est certain que la plupart d'entre eux sont des pères de famille. C'est un scandale !

A l'heure de nous mettre à table, en passant devant la réception je rencontre le propriétaire de l'hôtel.

- Pouvez-vous m'accorder cinq minutes ? j'ai une question à vous poser. Je remarque que dans le hall, il y a une grande affiche préfectorale concernant les enfants mineurs. Il est écrit : « Que toute personne prise à abuser sexuellement d'un enfant mineur est passible de prison. » Vous voyez comme moi ce qui se passe dans votre hôtel à la tombée du jour et vous laissez ces porcs abuser d'enfants sans défense. C'est presque sous votre nez et vous ne dites rien. Enlevez donc cette affiche, ce sera plus honnête, vos ancêtres doivent se retourner dans leur tombe !

- Vous savez madame, je ne peux rien faire car lorsqu'ils sont dans leur chambre, je ne vois rien.

- C'est un comble, j'hallucine ! Dans ce cas, monsieur, inscrivez BORDEL sur votre hôtel !

Plutôt gêné, il s'en est allé en se grattant la tête.

Mon repas est passé un peu de travers après cette discussion avec notre logeur. Hélas ! Je ne peux changer le monde d'un coup de baguette magique. Après avoir soupé, je préfère prendre l'air pour me calmer. Claude-Henri s'installe sur un transat, les bras croisés derrière la nuque, il profite du clair de lune et de la douceur du soir. Il est heureux d'être là au calme, il apprécie ses vacances. Le gardien vient s'asseoir près de nous sur le sable. Il a dû quitter Tuléar pour pouvoir faire vivre sa famille, ici il a du travail, dit-il.

Les chiens viennent se coucher près de nous, ils semblent nous avoir adoptés. Nous essayons de les éloigner car ils empestent, mais rien n'y fait, ils ne réagissent pas à nos ordres. Même en malgache, ils ne pigent rien, et continuent à gratter leurs puces. Finalement, nous allons nous coucher. Je retrouve mon oreiller bourré de kapok. A chaque fois que je le retourne, les petites graines rondes courent à travers le tissu et roulent sous mes doigts. Cela me ramène à une époque lointaine, où grand-mère remplissait les oreillers de bourre de kapok, en nous faisant apprendre la récitation qu'elle avait adapté en chanson. Quand on a peur du loup, du vent, de la tempête, cher petit oreiller, que l'on dort bien sur toi. Je me souviens encore des fibres qui volaient dans toute la maison au moindre courant d'air, et des petites graines qui s'en échappaient. Elles roulaient, rebondissaient pour aller se loger entre les lattes du plancher. Il n'était pas facile de les sortir de leur cachette. Le jour suivant, celui qui en avait attrapé le plus avait le privilège de choisir son oreiller.

Ce matin, une jeune femme enceinte, les traits tirés, tenant un enfant par la main, m'aborde timidement sur la plage.

- Bonjour madame, il fait beau ce matin me dit-elle.

- Bonjour, tu as là un beau garçon ! As-tu d'autres enfants ?

- J'en ai six, l'aîné à seize ans. Est-ce que je peux te demander quelque chose ?

- Oui bien sûr !

- Voudrais-tu adopter mon fils Trésor. J'ai trop d'enfants et je ne peux pas les nourrir.

- Même si je le voulais, ce n'est pas une chose simple, il y a de nombreux papiers à remplir, je ne suis là que pour trois jours.

- Prends-le quand même !

- C'est vraiment impossible, il faut présenter des papiers d'adoption à la sortie et à l'entrée d'un territoire. Si tu veux un conseil, arrête de faire des enfants.

- Je veux bien, mais ici il n'y a pas de travail, mon mari est mort. Quand je demande aux touristes de passage de m'aider, ils veulent que je leur donne du plaisir en échange, ils ne prennent pas de précautions. Tu vois, j'attends encore un enfant.

- Viens, accompagne moi à mon bungalow, je vais te dépanner pour aujourd'hui.

Quelle misère ! Ces pauvres gens sont déjà dans la panade et il y a encore des profiteurs qui viennent en rajouter. Ceux-là même reviendront sans se soucier de savoir qu'ils ont engendré une créature. Leur enfant finira dans les pattes d'un autre prédateur. Ainsi va le monde !

Ma matinée est gâchée par tout ce que je viens d'entendre. C'est à présent l'heure de me rendre à l'Église, je me prépare à la hâte et nous partons pour entendre la messe. La petite Église est à cinq minutes de l'hôtel, entourée d'une clôture de (bararates) sorte de bambous. Les enfants jouent sous les manguiers, tandis que les adultes assis sur les marches attendent le prêtre qui loge au séminaire. Je sais qu'il y a un bout de chemin à faire pour arriver à Ambatoloaka. Sous le porche, deux couples, un français, l'autre Italien bavardent en attendant l'heure. La cloche sonne, les enfants très disciplinés s'installent sur les premiers bancs, une natte est prévue pour les plus petits. Les adultes prennent place. L'intérieur est modeste, sur l'autel une nappe ajourée. Au mur, une grande vague peinte en trois couleurs : vert, blanc et bleu où trône une barque en relief dans laquelle se trouve une statue de la Sainte Vierge portant l'enfant Jésus. Il n'y a pas un bruit, ni même un enfant qui pleure. Je retrouve l'odeur de la cire malgache, de l'huile de coco dans les cheveux, de la terre dans les vêtements des plus démunis. J'ai l'impression de n'avoir jamais quitté ce pays. L'harmonium donne le ton pour le cantique d'ouverture, les voix s'élèvent d'un seul chœur, les larmes viennent embuer mes yeux. Les péripéties de ces derniers jours m'ont fait perdre ma paix intérieure, trop de sensibilité me fait éclater en sanglots. Impossible de me calmer jusqu'à l'homélie, dite en Français, en Italien et en Malgache pour les personnes de nationalités différentes. L'office terminé, le prêtre vient vers moi et me demande si j'ai perdu un membre de ma famille.

- Que puis-je faire pour vous, vous semblez effondrée, racontez-moi !

- Je suis confuse d'avoir perturbé le déroulement de la messe, je n'ai perdu aucun membre de ma famille, c'est seulement trop d'émotion.

- Vous me rassurez !

Nous échangeons quelques mots, promettant de le revoir avant notre départ pour lui laisser des médicaments.

Le lendemain au cours d'une sortie, sous les conseils du prêtre nous rendons visite aux religieuses Italiennes. Elles tiennent une maison d'enfants un peu éloignée du village. La mère supérieure nous explique que les occupants de cette école viennent parfois de loin à pied. Ils restent à midi à la cantine et rentrent le soir, car ils ont trop de chemin à faire. La plupart d'entre eux sont parrainés, ce qui permet de les nourrir et de payer leur année scolaire. Nous cherchons des gens susceptibles d'aider nos petits pensionnaires. Est-ce que ça vous tente ?

- Pourquoi pas !

- Suivez-moi, je vais vous présenter aux enfants. Il y en a cinq qui ne sont pas parrainés. Nous envoyons tous les trimestres le bulletin scolaire de chaque enfant aux parrains ou marraines, avec un mot écrit de leur main.

- Comment en choisir un, et laisser les quatre autres ! Le choix est bien difficile.

Finalement, nous prenons les cinq à notre charge pour deux années scolaires. C'est sans doute un grain de sable dans l'océan, mais c'est toujours ça ! La supérieure nous conduit au secrétariat pour faire préparer les papiers du parrainage par la secrétaire. L'ordinateur, et la photocopieuse étant en panne, les feuilles en double exemplaires sont tapées à la machine avec un seul doigt, ceci nous coûte une bonne heure d'attente, vu la lenteur de la frappe. Nous apposons notre signature. Nous visitons l'établissement qui aurait besoin de réparation, à commencer par l'installation électrique plutôt défaillante.

Pour tout remettre en état, il faudrait tout un corps de métier à l'œuvre, et les finances qui vont avec.

Il nous reste encore deux journées à passer à Nosy Bé, nous en profitons pour faire une excursion aux îles de Nosy Comba et Tany kely. Au bord de la plage, nous attend une vedette qui va nous conduire jusqu'au bateau-promenade ancré derrière le lagon en eau profonde. Il est prévu une heure et demie de traversée pour atteindre la première île sur le Christina.

NOSY COMBA

La mer est d'huile, la traversée s'annonce calme. Nous attendons la dernière rotation de la vedette pour lever l'ancre. En longeant la côte, nous passons devant une pêcherie de crevettes où une grue décharge le contenu d'un bateau qui appartient à un riche Indien qui exporte sa production en Métropole. De charmantes maisonnettes aux toitures rouges, ressemblent à des rubis incrustés dans la verdure. Il y a de nombreuses photos à prendre sur le trajet qui mène aux îles. Nosy Comba, où nous faisons escale, est entourée d'une eau turquoise. Le pilote coupe le moteur, pour nous inviter à sauter dans l'eau le temps d'une baignade. Les plus courageux gagnent la plage à la nage. Les autres attendent l'accostage pour fouler le sol. Une demi-heure plus tard, notre bateau promenade s'amarre au ponton. Nous partons à la découverte de l'île. Par petits groupes, les uns vont voir les lémuriens, les autres vont découvrir une exposition de travaux manuels. C'est sur cette île que sont brodées les nappes au point Richelieu. Nous disposons d'une heure pour flâner à notre guise, mais il faut impérativement être au bateau à onze heures. En ce qui nous concerne, nous préférons visiter le site en passant par les sentiers battus. Ce genre d'excursion est toujours trop stéréotypé. C'est la meilleure façon de voir ce que l'on ne montre jamais aux touristes, c'est-à-dire, l'envers du décor, souvent plus enrichissant. Bras dessus, bras dessous, nous traversons une place en terre battue entourée d'arbres, cela semble être une cour de récréation, car les enfants portent tous un uniforme. Lorsque nous arrivons ils se regroupent autour de nous, pour entonner un chant de bienvenue. Qui commence par '' Fa tonga vahiny hé, hé.'' En traduction : les invités sont arrivés hé ! hé ! Accompagné d'une gestuelle, presque synchronisée. Nous restons sans voix, tout honteux de n'avoir aucun bonbon à distribuer. Si seulement nous avions été prévenus ! Le maître siffle la rentrée des classes et nous continuons notre chemin qui débouche sur un village de pêcheurs, fait de cases en bois recouvertes de joncs. Les unes penchées par le vent, d'autres bien droite avec des rideaux brodés aux fenêtres, les portes grand-ouvertes pour laisser passer l'air. Dans les ruelles nous retrouvons la vie simple du peuple malgache. Le riz étalé au soleil sur des sacs de jute, les mortiers et les pilons de bois sont rangés sous les arbres. Les poules picorent devant les portes en compagnie de ravissantes pintades, dont je compare toujours le cri à des roues de brouettes mal graissées. Les hommes palabrent en jouant aux dominos sous le tamarinier, pendant que les femmes s'occupent à leur chevelure. Un léger parfum de café grillé arrive jusqu'à nous pour venir se mêler à l'odeur du raphia qui sèche sur les étendoirs, en plein soleil. J'apprécie d'autant plus cette paisible promenade, car Je l'ai faite il y a fort longtemps, lors d'un voyage sur un paquebot des Messageries Maritimes. Une excursion et un pique-nique avaient été organisés sur cette île.

Le temps passe trop vite, il faut déjà rejoindre le bateau-promenade. Une fillette accompagnée de deux chiens, nous emboîte le pas et nous raccompagne jusqu'au rivage. Nous remontons à bord en direction de Tany Kely où un grand pique-nique est organisé à l'occasion de la sortie. Le Christina jette l'ancre loin de la plage, puis nous sommes transbordés sur l'île par vedette. De longues tables plantées au sol semblent être là, à demeure, pour les excursions. Elles sont dressées à l'ombre des badamiers. Cette île quasi déserte n'abrite que le gardien du phare et sa famille. La plage regorge de coquillages aux couleurs bigarrées, l'eau est si transparente que nous pouvons admirer poissons et tortues marines qui viennent s'aventurer près du rivage. Un succulent repas nous est servi, dans la joie et la bonne humeur. Après les agapes, chacun s'organise. Sieste, bronzette, ou marche de digestion pour monter jusqu'au phare. Notre retour prévu pour seize heures trente ne permet aucun retard, car le bateau n'est pas équipé pour le voyage de nuit.

Quelques indisciplinés s'attardent à visiter le phare en fin de journée, le pilote s'impatiente. Le soleil commence à descendre sur l'horizon, je ne le quitte pas du regard pour apercevoir le rayon vert à l'instant précis où il disparaît entre ciel et mer. Les traînards arrivent enfin ! Nous mettons le cap sur Ambatoloaka en longeant la côte. La nuit commence à nous envelopper, nous avons largement dépassé l'heure du retour. Soudain, une vedette équipée d'un phare vient à notre rencontre pour récupérer les passagers de notre hôtel. Le pilote nous crie :

- Le patron s'inquiète, il nous envoie vous chercher, pourquoi ce retard ? Nous allons vous aborder par la droite sans nous arrêter et vous faire passer un à un d'un bord à l'autre. Préparez-vous pour la manœuvre.

L'opération ne semble pas emballer les passagers, chacun regarde son voisin, les grandes discussions commencent, c'est à qui va dissuader l'autre. Pendant ce temps, une gaffe est accrochée au Christina, les deux embarcations continuent leur route sans pour autant ralentir les moteurs. Mon époux me dit :

- Tu viens ! Le temps qu'ils se décident tous, nous arriverons avant eux.

Il se lève, tend la main à l'aide pilote, enjambe le rebord du bastingage et passe sur la vedette.

- Viens me crie-t-il, tu ne risques rien, donne-moi la main, nous sommes deux pour te récupérer.

Nous voilà tous deux dans la vedette. Personne d'autre n'a voulu tenter l'aventure. Quand nous sommes arrivés, un attroupement nous attendait sur la plage. Les gens sont venus avec des torches à notre rencontre. Je sens l'inquiétude dans les regards, les questions fusent de toute part, chacun veut connaître le pourquoi de notre retard. Ils avaient déjà imaginé un scénario catastrophique.

C'est notre avant dernier jour de vacances, le soleil se lève, j'entends sous ma fenêtre le bruit que fait le râteau du gardien, qui est déjà à l'œuvre. Il nettoie la plage devant l'hôtel avant le réveil des touristes, en faisant des tas bien alignés qu'il enfouit dans des trous qu'il a creusés dans le sable. En ouvrant les volets, je vois passer devant moi des indigènes qui sortent un à un de leur case. Ils se dirigent vers le gros rocher qui donne derrière notre résidence. Je demande au gardien où vont ces gens tous les matins ?

- Il me répond :

- Au récif.

- Qu'est-ce qu'il y a de spécial au récif ?

- Rien madame, (mandeha diky) ils vont aux toilettes.

Depuis que nous sommes à Ambatoloaka je n'ai pas fait attention à ce défilé matinal. Voilà donc l'explication. Ils vont se cacher pour poser culotte. Mais j'y pense, le résultat de tout ceci, emporté par la mer, revient forcément sur la plage. Aucun des touristes prédateurs ne s'est rendu compte du manège, pas un n'a eu l'idée de se poser la question, trop occupé à autre chose de plus écœurant. Le gardien vient d'éclairer ma chandelle. La bonne blague ! C'est que les gens se baignent juste à côté des rochers tous les jours. Je me réjouis de n'avoir pas pris un seul bain de mer a cet endroit durant mon séjour. J'imagine que ce doit être un vrai bouillon de culture.

Nous attendons le prêtre pour lui remettre les médicaments promis. Nous récupérons son ordonnance pour lui faire parvenir ce qu'il ne trouve pas à Madagascar. Un jeune écolier qui chaque jour passe devant notre bungalow, se risque à nous demander une faveur.

- Pouvez-vous, lorsque vous reviendrez à Nosy Bé, me rapporter un double décimètre ? Dit-il timidement.

Nous pensions qu'il allait nous demander une montre ou autre chose de plus conséquent. Non, il veut un double décimètre pour bien travailler à l'école et avoir un bon métier. Il n'a pas trop attendu, nous lui avons acheté ce qu'il désirait. Je n'ai jamais vu un enfant aussi heureux !

Le matin pour aller à l'école, les gamins prennent le sentier qui passe sous notre fenêtre, juste à l'heure où nous déjeunons sur la terrasse. Ils vont étudier souvent le ventre vide et nous réclament en passant un morceau de pain. Le propriétaire de l'hôtel les fait courir, il ne veut pas que ses clients soient dérangés. S'il est absent, c'est la femme de ménage qui prend la relève pour les chasser. Un matin, un petit s'est arrêté pour nous dire qu'il n'avait jamais mangé de beurre ni de confiture. Impossible à nous de continuer à déjeuner sans lui donner une tartine. Depuis que nous sommes là, nous avons fait la connaissance de nombreux enfants. Matin et soir, ils s'arrêtent pour bavarder un moment avec nous, souvent ils nous proposent de la vanille. Dans ce village, à force de côtoyer les étrangers, les gamins parlent l'Italien et l'Allemand avec beaucoup de facilité.

C'est notre dernière journée sur l'île, il me faut boucler nos valises elles sont devenues bien légères, après la grande distribution faite aux uns et aux autres. Certains étaient si misérablement vêtus qu'il ne restait sur leur dos que des lambeaux de tissus. Voilà où en sont réduits ces pauvres gens ! En fin d'après-midi, je rejoins les brodeuses sur la plage comme je l'ai fait chaque jour pour apprendre le point malgache que je ne maîtrise pas correctement. C'est tout un art pour que l'endroit et l'envers du travail soient identiques et sans défauts. Tout en brodant, elles me racontent les difficultés qu'elles ont à faire vivre leurs enfants. Faute de travail, elles brodent pour gagner quelques sous. Leurs prix sont dérisoires ; pourtant certains touristes marchandent d'une façon exagérée, ou font carrément du troc. Ils savent qu'elles n'ont rien et leurs proposent de vieux vêtements en échange de leur magnifique ouvrage. Lorsqu'ils rentrent en métropole, ils en font un riche commerce. C'est une honte ! C'est encore et encore du profit sur leur dos. Demain nous quittons Nosy Bé, malgré leur pauvreté les brodeuses ont tenu à m'offrir un set de table avant mon départ en plus de mes achats. Je suis profondément émue, connaissant les difficultés qu'elles ont à gagner leur vie. Elles manquent de tout et tiennent cependant à m'offrir un souvenir.

Le taxi est à l'heure pour nous conduire à l'aéroport. Notre séjour est terminé, nous partons à regret, mais heureux d'avoir fait ce voyage. La gentillesse légendaire du peuple malgache n'est pas surfaite, nous l'avons encore constaté durant ce séjour. (Veloma, mandra pihaon), au revoir, à la prochaine, comme on dit en Malgache. Oui à la prochaine !

RETOUR A L'ILE MAURICE

Nous reprenons AIR Austral pour l'île Maurice. Le décor change, les routes sont goudronnées et entretenues, plus d'enfants en guenille. Nous retrouvons notre chauffeur de taxi à l'aéroport, tout heureux de nous revoir. Nous avons tout juste le temps de respirer, qu'il nous propose une sortie pour le lendemain dans une fabrique de textile, à Floréal, dans la banlieue de Curepipe.

- L'île Maurice travaille beaucoup avec les grandes marques de la Métropole, en particulier avec les maisons Zara et Gap. Il y a dans l'usine une partie réservée à la vente directe, avec des prix hors taxes très attrayants pour les particuliers, affirme le chauffeur.

- C'est entendu, rendez-vous demain, ce sera l'occasion de faire une sortie et de visiter l'usine, dis-je

Toujours très ponctuel, notre conducteur de taxi est devant la villa. Le temps de fermer l'immense portail, nous voilà en route pour la promenade.

- Nous allons passer par le village de Bonne Terre. C'est un endroit particulier où la terre est très noire. Il y a de nombreuses cultures maraîchères. Fleurs et légumes poussent dans tous les coins. Il y a des jardins partout, même sur les toits, les terrasses et les balcons, c'est une merveille !

En effet le coin est charmant, pour moi qui aime la nature je suis toute à mon bonheur. J'éprouve un réel plaisir à contempler les champs verdoyants et fleuris, les maisons disparaissent presque, cachées sous les végétaux odorants. C'est un véritable enchantement, le moindre recoin croule sous les fleurs.

Nous arrivons à présent dans le district de Plaine Wilhems devant l'immense usine de textile, il y a déjà une longue file de visiteurs. Nous sommes à l'heure pour l'ouverture des portes. Un guide commente les différentes étapes de fabrication, à partir des bobines de fils qui passent dans les métiers à tisser jusqu'au déroulement final du tissu. Vient ensuite la pose des gabarits, la découpe des patrons répartis dans la salle de confection. De nombreuses ouvrières, assemblent les pièces sur lesquelles elles apposent la marque de différentes boutiques. L'usine emploie sept mille cinq cent ouvriers, répartis dans les différents services.

La journée déjà bien remplie, se termine au musée du diamant. Nous assistons à la taille des pierres au travers d'une vitre qui je suppose est blindée. Nous entrons dans ce que j'appelle un coffre-fort. L'entrée est gardée par des vigiles. Dans les vitrines sont exposées des pierres précieuses de différentes tailles, éclatantes de beauté elles scintillent de tous leurs feux ; c'est à faire pâlir d'envie une nonne. Quel contraste ! Quand on vient de quitter une île où règne la misère. Pour l'instant, il me faut être raisonnable, même si la tentation reste forte, car nos finances doivent être légèrement à moins quelque chose à la banque.

Notre séjour se poursuit entre promenade et plage, avec quelques pauses de lecture sous les filaos aux heures fraîches de la journée. Il nous reste à visiter le jardin des Pamplemousses. Selon les Mauriciens, il mérite le détour, mais il faut lui consacrer une journée entière pour tout voir, nous assure-t-on.

LE JARDIN DES PAMPLEMOUSSES

C'est notre dernière sortie avant de plier bagages. Nous prévoyons un pique-nique pour la journée. Le jardin botanique se trouve dans le district de Pamplemousse qui porte le même nom. Hier je me suis documentée sur ce lieu le plus visité de l'île Maurice.

" C'est le premier jardin botanique tropical créé au monde par le séminariste Pierre Poivre intendant de l'Isle de France. Il porte à présent le nom de Sir Seewoosagur Ramgoolam, ministre et fondateur de l'indépendance de l'île Maurice. Pierre Poivre acquiert le domaine de Mon plaisir en 1770, qui s'étend sur une surface de trente-sept hectares, succédant au jardin du Gouverneur de La Bourdonnais en 1735, pour ravitailler les bateaux qui faisaient route vers les Indes. Les arbres et les épices rassemblés viennent du monde entier. Le botaniste Jean Nicolas poursuit l'œuvre de Pierre Poivre, puis Jean Ducan prend la relève en 1849."

Nous voilà arrivés sur les lieux. Une grande grille en fer forgé peinte en blanc donne sur l'immense jardin. La porte principale s'ouvre sur la large allée de La Bourdonnais, qui mène au bassin des nénuphars. Le jardin sillonné par de grandes allées qui porte le nom des grands scientifiques qui ont contribué à l'étude de la flore des Mascareignes. Il possède une allée au nom de Paul et Virginie, au bout de laquelle se trouve une tombe factice. Nous traversons la rivière Citron qui enjambe le pont des soupirs, débouche sur des bosquets et des vieux manguiers centenaires, ainsi qu'une grande variété d'essence rare, teck, bois de rose, ébène. Je découvre avec émerveillement les magnifiques nénuphars qui flottent sur les étangs. Je retrouve le célèbre " Victoria Amazonica " dont les fleurs sont successivement de trois couleurs. Blanches le matin, roses dans le courant de la journée et violettes le soir avant de se refermer définitivement, ne laissant paraître sur l'eau que leurs larges feuilles à rebords dentelés. Nous allons de découvertes en découvertes. Au détour d'une allée, des tillandsias accrochés aux arbres traînent leurs lianes chevelues balancées par le vent. Des lianes jade dont les fleurs d'émeraude en forme de griffes de tigre offrent leurs colliers prestigieux. Nous découvrons toute une collection de palmiers venus des quatre coins du monde, parmi eux le majestueux palmier royal qui est de toute beauté. Il est déjà midi, il nous faut faire une pause pour déjeuner. Nous reprendrons la visite car il reste encore beaucoup de choses à découvrir.

Dans l'après-midi au domaine " Mon Plaisir " où poussent les orchidées, nous trouvons l'enclos des tortues géantes des Seychelles et celui des cerfs de Java. Nous pouvons voir de près les cervidés importés qui ont vécu sur l'île aux cerfs. S'étant bien adaptés ils se reproduisent, puis sont transférés sur les plateaux, là où s'arrêtent les cultures de canne à sucre et où commence la forêt. Des périodes de chasses sont organisées, en payant une taxe d'abattage.

Nous poursuivons notre promenade, dans l'allée des palmiers, où nous rencontrons le jardinier chargé de l'entretien du parc il nous dit, qu'avec le tronc ventru des palmiers bouteille, on fabrique des instruments à percussions. Je prends note de tout ce que je peux glaner comme information afin de ne rien oublier. J'espère qu'il me restera assez de feuilles dans mon calepin pour terminer la visite. Nous poursuivons notre chemin vers le coin des bambous qui forment un réseau souterrain dont les calumets peuvent atteindre quinze mètres de hauteur. Au détour d'une allée nous arrivons devant le célèbre Talipot de Ceylan. Il ne fleurit qu'une fois tous les quarante ou soixante ans, puis il meurt. Nous découvrons successivement, de nombreuses variétés de fleurs tropicales, des bougainvilliers, des roses de porcelaine, des oiseaux du paradis. Une partie du jardin est réservée aux épices cannelle, poivrier, baies roses, la liste est longue. La faune omniprésente, nous fait découvrir de nombreux oiseaux, dont le plus répandu est le martin appelé également merle des Moluques. Viennent ensuite les tourterelles à collier, les jolis bengalis au corps brun et bec rouge. Sur un petit bosquet de nombreux papillons dont le " Papilio Phorbanta maulius, "noir taché de bleu. Sur un tronc, j'aperçois un gros lézard vert occupé à se dorer au soleil, puis sur le plateau d'un nénuphar un répugnant crapaud d'Afrique du Sud aux verrues noires qui fréquente les mares et les bassins. J'ai également rencontré un caméléon à la démarche hésitante sur la branche d'un goyavier. Il a détendu sa longue langue à la vitesse de l'éclair pour attraper sa proie

Nous repartons heureux et pleinement satisfaits de cette journée découverte. Nous avons marché sans arrêt tout au long de cette journée, sans pouvoir pour cela tout voir. Le passage contrariant de nos vacances à Madagascar se termine sur une note Mauricienne apaisante dans un cadre de verdure et de fleurs. Cette île que les résidents appellent la perle de l'Océan Indien, nous a enchantés. Mais les bonnes choses ont une fin, il nous faudra demain regagner la Guyane.

LA PLUIE

Nous voilà de retour sur la terre Guyanaise, le cœur heureux et les valises chargées de souvenirs. Il nous faut à présent retrouver nos repères et reprendre nos activités. Nous arrivons en pleine saison des pluies, de nombreuses entreprises travaillent au ralenti, les chantiers pataugent dans la boue. Le lac du bois Chaudat déborde sur la route, les rues se dégradent rapidement. Sur les axes routiers, se forment de nombreux nids de poules qui détériorent les véhicules. Il pleut des jours entiers, les trous sur la route restent béants. Si bien qu'un malicieux a eu l'idée de planter dans toutes les ornières qui se sont formés dans la ville, des pancartes. Chacune affiche un quolibet à l'intention du Maire. Devant la mairie " le trou du Maire " devant la légion le " troufion " devant les impôts le " trou fiscal " et ainsi de suite. Si bien que d'autres farceurs ont imité son exemple, c'est à qui va de son humour pour rivaliser avec celui de son voisin.

Lorsque que la pluie tombe, il est possible de l'entendre arriver de très loin, avec le bruit qu'elle fait en frappant les toitures de tôle. Les Guyanais appellent cela, le train de Cayenne. L'humidité s'installe dans les vêtements qui sentent le renfermé, les cuirs moisissent. Le seul avantage, c'est qu'il fait plus frais. Mais lorsque la pluie cesse, le soleil réapparaît et la chaleur redevient insupportable. La vapeur remonte du sol, on se croirait dans un sauna. Tout cela n'empêche pas La communauté Asiatique de préparer avec faste le nouvel an Chinois. Un mois avant, on peut trouver sur les étagères des boutiques, toutes sortes de pétards, en boites ou en rouleaux, de tous calibres. Ils se vendent comme des petits pains, même au détail. En chapelets, ils servent de décorations à l'entrée des magasins, ce qui attire de nombreux gamins. Fusées sifflantes et feux d'artifices font également partie du lot, c'est à qui fera le plein en prévision de la fête. Notre tout premier réveillon Chinois reste mémorable. On se serait cru à Beyrouth en plein bombardement. Sur le coup de minuit, commença le bruit épars des explosions qui se répercuta dans toute la ville. Les pétarades assourdissantes se succédèrent. Les chapelets de pétards s'égrainaient, un à un, suspendus aux devantures des magasins aux balcons et fenêtres. Au milieu de ce vacarme se mêlaient les aboiements, et les hurlements des chiens qui s'affolaient.

Aux dires des Chinois, les bruits que font les pétards sont nécessaires pour chasser les mauvais esprits installés dans les demeures durant toute l'année. La fumée âcre de la poudre envahit l'atmosphère, et recouvre la ville. Les fusées sont tirées à partir des fenêtres, d'un immeuble à l'autre. Elles retombent chez le voisin d'en face, au risque de mettre le feu dans leur appartement. Le lendemain, on peut se rendre compte de l'intensité de la fête, en regardant l'épaisseur du papier rouge laissé par l'explosion des pétards sur la chaussée et les devantures de magasins. Cette nuit de folie se répète chaque année avec de nombreux blessés. Un grand nombre va acheter au Surinam des explosifs de plus en plus gros, malgré l'interdiction préfectorale.

LES CROYANCES

Comment quitter la Guyane sans parler des croyances étroitement liées à sa culture. De nombreux génies, gnomes et êtres démoniaques hantent les esprits faibles. Le Maskilili par exemple, est la terreur des petits Guyanais. Il appartient au monde de la nuit, avec la particularité d'avoir les pieds tournés devant derrière. Si bien que si on s'aventure à chercher à le suivre, on s'égare. Il se déplace en émettant un sifflement tout en restant invisible et rôde autour des habitations pour se nourrir de café et de piment. Il s'empare des petits enfants ! Rien qu'à prononcer son nom, j'ai vu des adultes changer de couleur. Mais ceux qui les terrorisent le plus, ce sont les jeteurs de sorts qui utilisent les '' Piailles ''. Ces gri-gris qu'ils fabriquent, sont déposés devant la demeure de celui à qui ils souhaitent du mal, en y ajoutant quelques prières malfaisantes. Chaque nationalité résidant en Guyane, a porté dans ses valises ses maléfices et ses croyances. Vaudou Haïtien, Macoumba Brésilien, Gri-gri Africain, et Fanafody Malgache, une véritable panoplie qui ne laisse que l'embarras du choix.

J'ai dans mon jardin un énorme manguier qui croule sous les fruits à la bonne saison. Les enfants qui viennent au catéchisme à la maison se servent largement avant d'assister au cours. Ils mangent les mangues mais en gaspillent beaucoup ; j'en trouve souvent sur le sol à peine consommées. Je me suis fâchée, j'ai dit à tout ce petit monde qu'il fallait demander avant de se servir, c'est la moindre des politesses. Entre l'obéissance et la gourmandise ils n'ont écouté que leur ventre. Le jeudi suivant, j'ai accroché sur l'arbre pour leur faire peur, une bouteille en plastique. J'ai placé une bougie à l'intérieur entourée d'un ruban rouge, comme j'en avais vu à l'entrée d'un champ d'ananas. Depuis ce jour, plus un fruit n'a été dérobé. Comme dans les pays d'Afrique, les croyances ont la vie dure. Pour ma part, la bouteille à fait son effet ; le chapardage a cessé immédiatement.

Ainsi a été ma vie Guyanaise dont la trame folklorique est restée chargée de surprises et de convictions effarantes. Mon séjour au pays des toucans s'est terminé car les bonnes choses ont toujours une fin. Le seul toucan que j'ai croisé, je l'ai trouvé dans mon assiette, préparé par de pauvres gens que j'ai côtoyés durant ces longues années. Je suis repartie riche de souvenirs impérissables. J'ai laissé dans ma petite école une partie de mon cœur, au milieu des jeunes enfants qui venaient de différentes ethnies. J'ai rapporté un trésor de rires et de malices puisé en leur compagnie. Ce que j'ai vécu là-bas restera gravé pour toujours dans ma mémoire.

Imprimé en France

Pour le compte des :

Editions
Mers du Sud

www.ingramcontent.com/pod-product-compliance
Lightning Source LLC
Chambersburg PA
CBHW070501260626
47161CB00004B/1408